KB273022

죽음을 대하는 태도

죽음을 대하는 태도

죽음을 대하는 태도

소노 아야코 에세이

김욱 옮김

Fine

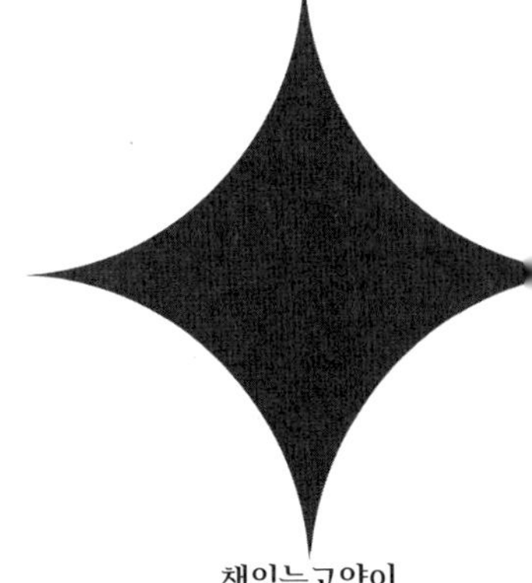

책읽는고양이

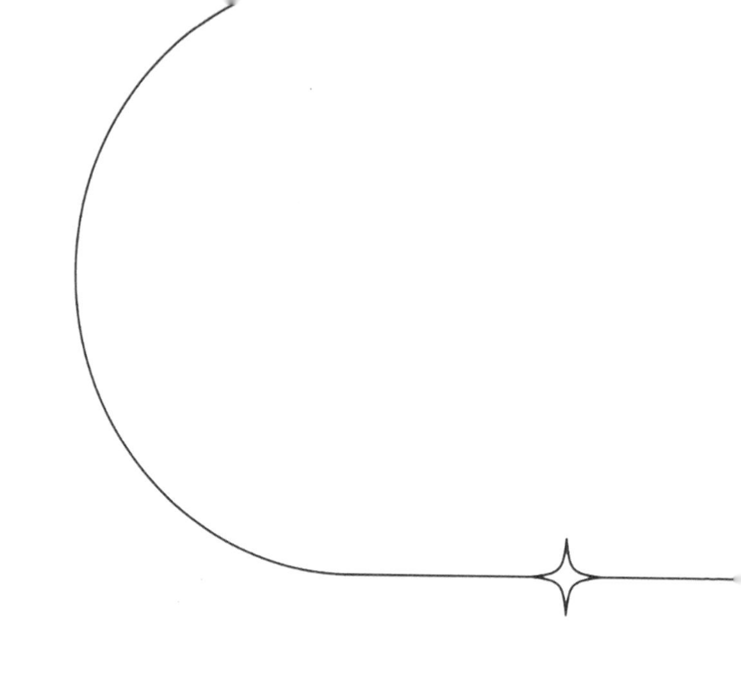

Fine

소노 아야코에게 영원한 안식을 주소서.
영원한 빛을 그에게 비추소서.

이 책은 소노 아야코가 여든이던 2011년
일본에서 《인생 4악장으로서의 죽음》이라는 제목으로 출간되었다.
2025년 2월 28일, 그는 인생 4악장으로서의 죽음을 맞이했다.

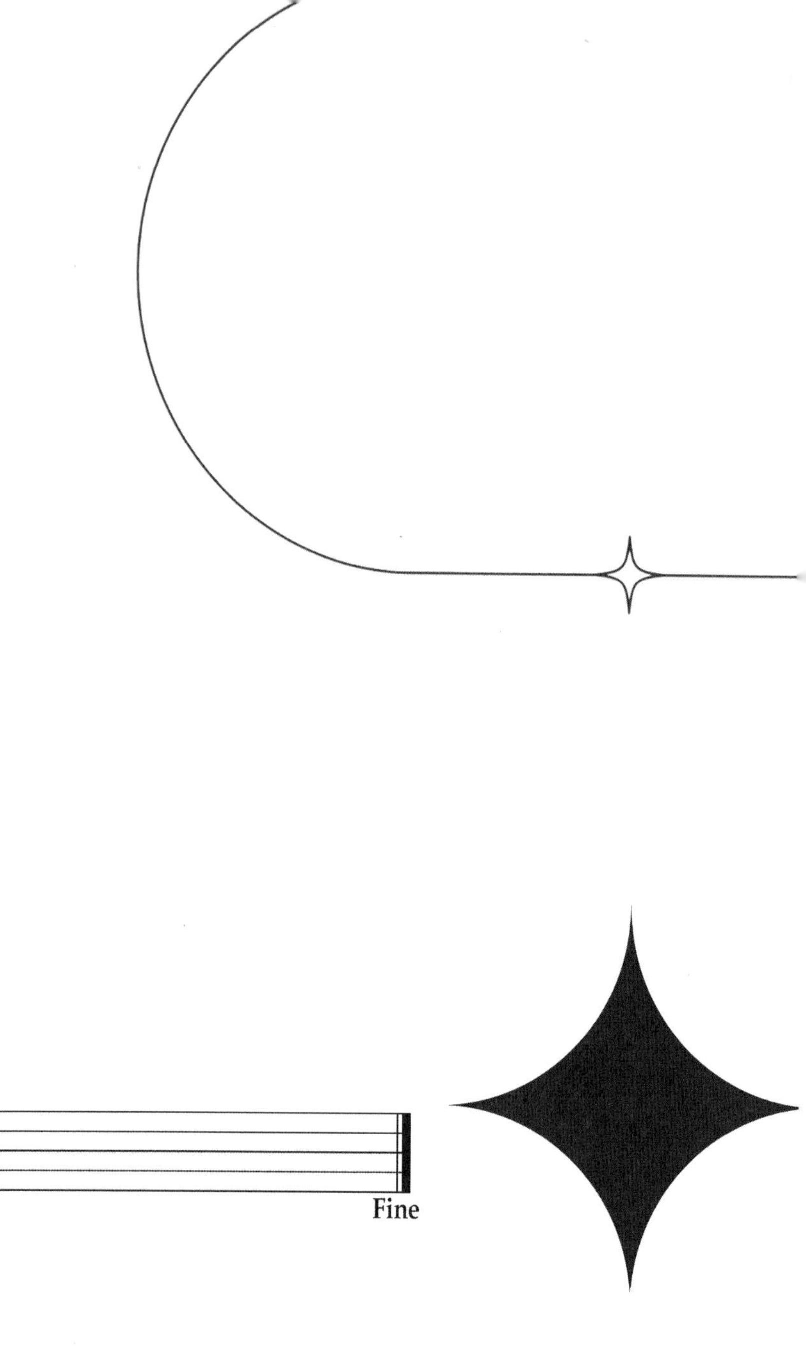
Fine

차례

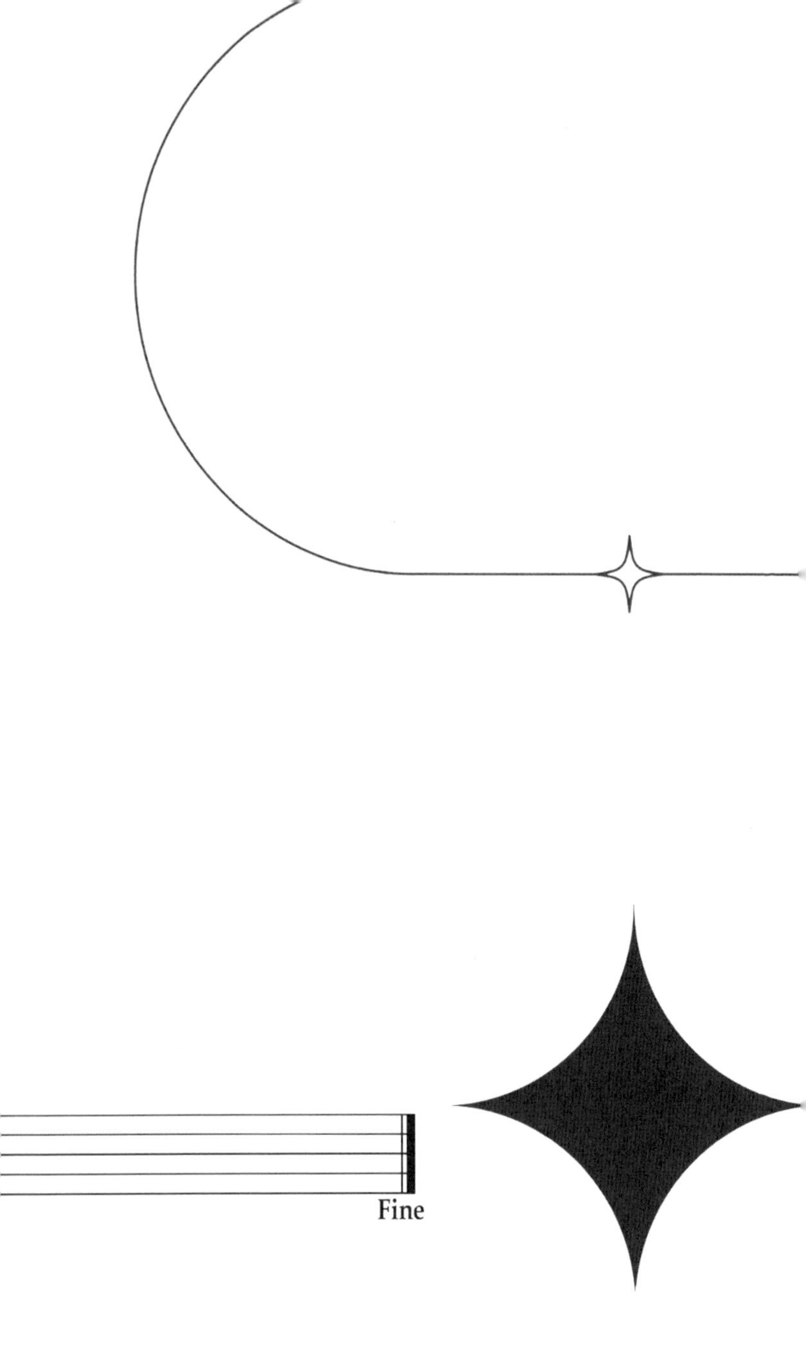

Fine

죽음을 전제로 삶의 의미를 생각한다

이 세상에서 믿을 수 있는 건 죽음뿐

인생의 중간쯤에 접어드는 50대 초반은 젊지도 않지만, 그렇다고 늙은이도 아닌 시기다. 그 무렵은 내게 인생의 전환기였다. 50세가 되기 직전에 나는 시력을 잃을 뻔했고, 작가로서 앞으로도 계속 글을 쓸 수 있을지 장담할 수 없는 위기에 처했다.

나는 타고난 근시였다. 어렸을 때부터 알이 두꺼운 근시 안경을 썼다. 성인이 되어서는 안경을 써도 잘 보이지 않아 대인 관계에 소심해졌다. 누군가를 만나도 상대방의 얼굴을 기억할 수가 없어 사람들 앞에 서는 것이 두려웠다. 그러던 내가 50세를 코앞에 두었을 때 눈 수술을 받고 갑자기 시력이 좋아져 안경 없이 살 수 있는 사람이 됐다.

물론 이것은 극적인 행운이었다. 그동안 나를 둘러싸고 있던 흐릿한 세계는 아주 밝고 선명해졌다. 그 같은 변화에 기뻐해도 좋으련만, 내 마음은 극적인 환경의 변화를 따라가지 못하고 한때는 식욕을 잃고 가벼운 우울증에 빠졌다.

모든 것이 너무나 선명하게 보이기 때문에 주변의 자극이 몹시 강하게 느껴지고 심리적으로 지쳐버린 것이다. 힘겨운 시간을 보내고 평정심을 되찾자, 모양도 색채도 선명하게 짙어진 세계가 내 남은 반생에 주어진 호강이라는 것을 깨닫게 되었다. 그리고 이 호강을 충분히 누려야겠다고 생각했을 때, 이상하게도 내게 가장 강하게 와 닿은 것은 죽음의 개념이었다. 즉, 이 세상은 죽음이 찾아오기 전까지 나에게 허락된 귀중한 시간임을 깨달았기 때문에 매 순간의 광경이 전에 없이 중요한 의미를 지니면서 빛나 보이게 된 것이다.

시력이 좋아진 것에 적응되었을 무렵, 나카소네(中曾根) 내각에서 설치한 임시교육심의회 위원이 되었다. 50대 초반이었던 1984년이었고, 1987년까지 나는 그 심의회 위원 중 한 사람이었다. 나의 좋지 못한 성격 중 하나가 제도를 우습게 보는 버릇인데, 어렸을 때부터 그랬던 것 같다. 교육 제도를 개혁하는 것은 일단 중요하지만, 교육에 필요한 것은 제도가 아니라 자기 자신과 벌이는 매일의 투쟁이라고 생각했다. 자신을 성장시키는 방법은 주어진 환경에서 벗어나 스스로 자신을 가르치고 발전시킬 재료를 발견하는 것이라고 생각했다. 세상이 인정하는 가치와 권유가 바르다고 해도 한번 의심해본다. 의심해본 결과 세상이 말하는 바가 올바르지 않다는 확신이 생긴다면 내가 나를 만들 수 있는 기회라는 식으로 받아들였던 것이다.

그래서 교육 개혁이 불필요하다고는 말하지 않았지만, 심의회에서 논의되는 사안에 대해 관찰자적 입장에서 지켜보고만 있었다. 그것은 절대로 안 된다거나, 이것을 어떻게든 하지 않으면 교육은 망한다, 라고 생각할 정도의 열정이 없었다. 게다가 그 당시 일본에서는 지금처럼 교육 붕괴가 두드러지지 않았다.

그러나 이 임시교육심의 기간 중에 내가 몇 차례에 걸쳐 제언한 딱 한 항목이 있다. 죽음에 관한 교육을 의무 교육 중에 반드시 실시하자는 것이었다.

내 방식으로 표현하자면, 세상사는 언제나 기대를 저버린다. 매년 지진용 비상가방을 정리해도 지진이 안 일어나 쓸 일이 없어 가방을 없앴더니, 기다렸다는 듯이 지진이 일어나더라는 사람도 있다. 결혼도 하지 않고 한집에서 계속 살아온 딸이 있어 자신의 노후는 이 딸에게 의지해야겠다고 생각했는데, 뜻하지 않게 딸이 먼저 세상을 떠나기도 한다. 세상의 비애라는 것은 대개 이런 식이다.

하지만 죽음만은 누구에게나 확실하게, 딱 한 번 공평하게 찾아온다. 이 세상에서 정말 믿을 수 있는 것은 죽음뿐이다.

그만큼 확실한 사건인데도 일본 학교에서는 죽음에 대해 무엇 하나 교육을 하지 않는다. 이 얼마나 무책임한 일인가. 그래서 새로운 교육에서는 비록 짧은 시간이라도 죽음이 불가피하다는 것, 죽음을 전제로 삶의 의미를 생각해야 한다는 것을 가르쳐도 좋을 것이라고 나는 생각했다.

그러나 결과적으로 말하면, 나의 제언은 채택되지 않았다. 위원 중 누구 한 사람도 죽음에 대해 가르칠 필요성을 크게 느끼지 못했던 것이다.

죽음을 생각하지 않고 사는 사람들

많은 사람들이 일상생활에서 죽음을 거의 생각하지 않는다는 게 전부터 나는 너무 이상했다. 문상을 가면 장례식장에서 나올 때 감사 인사를 담은 조그만 상자를 받는데, 그 안에는 작은 소금 주머니가 들어 있다. 거기에 '먹지 마시오'라고 적혀 있는 것도 이상했다. 이게 정말 소금일까. 집에 도착해 현관문을 열기 직전 주머니에서 소금을 꺼내 어깨 근처에 뿌린 후 집 안으로 들어간다. 그러면 부정한 죽음은 정화되고, 죽음이라는 괴물도 우리 집에 들어오지 못하게 된다는 것으로, 죽음을 멀리하려는 생각에서 비롯된 관습이다.

그렇게 죽음을 회피하고 사는 것에 일본인은 익숙하다. 그러나 외국인, 아니 내가 알고 있는 기독교도들은 달랐다. 그들은 죽음을 삶의 목표로 여긴다. 고민도 괴로움도 많은 현세에서 자기 역할을 마치고, 선한 사람은 하느님의 부름을 받아 영원한 안식을 누리게 되는 기점으로 생각하고 있었다.

그 때문일까. 가톨릭에서는 죽음의 날을 '새로 태어나는 날'이라고 부른다. 한편 죽으면 그것으로 끝이고 무(無)로 돌아간다고 하는 사람들도 많다. 이것만은 어느 쪽이 진실인지 현세에서 판단할 수 없다. 세상에는 증명할 수 없는 것이 많은데, 증명할 수 없는 것은 없는 것이나 마찬가지라고 생각하는 사람도 많다. 그러나 내가 체험한 바에 따르면 그들의 주장은 잘못됐다. 증명할 수 없어도 버젓이 존재하고 있는 것들이 많기 때문이다.

나는 가톨릭교도다. 하지만 성실한 신자가 아니며, 신앙생활에서는 열등생에 가깝다. 겸손이 아니라 객관적으로 나의 신앙을 되돌아보고 내린 결론이다. 매일매일의 기도도 소홀히 한다. 일요일마다 성당에 가는 것도 괴로운데, 요즘은 다친 다리가 아침이면 더 아프기 때문이라는 편한 이유가 있다. 하지만 가장 큰 이유는 사람들 모임에 나가는 것이 두렵기 때문이다. 하느님의 눈으로 봤을 때 나는 열등생이지만, 그래도 괜찮다. 인생에는 열등생이 있기에 우등생이 더욱 각광을 받는다. 마찬가지로 나는 하느님의 우등생을 돋보이게 한다는 점에서 존재 가치가 있는 열등생이다.

하느님은 좋은 말씀도 준비해놓으셨다. "나는 의인, 즉 좋은 사람을 위해 세상에 온 것이 아니다. 악인을 위해서다."라고도 말씀하셨다. 그렇다면 내가 못된 신자, 못된 인간이더라도 하느님은 절대로 나를 버리지 않을 것이라고 보장해주신 것이다.

열등생인 나 같은 사람이라도 하느님은 기억해서 쓰실까, 하고 지금까지 여러 번 생각했다.

1972년부터 우연한 계기로(다시 말해 절대로 숭고하지 않은 계기로) 한국 나환자촌에 경제적 지원을 하게 되었다. 꼭 해야겠다고 생각한 것도 아닌데, 어쩌다 보니 그렇게 되었다. 게다가 뜻하지 않게 지원 규모가 점점 더 커졌다. 기부금이 차고 넘치게 된 것이다.

마침 그 무렵 나는 신문에 연재할 소설 취재차 아프리카의 마다가스카르에 가게 됐다. 마다가스카르 벽지에서 조산사로 활동하고 있는 수녀들의 일을 취재하기 위해서였다.

취재 마지막 날, 현장에서 나를 항상 에스코트해
준 상사원이 "도박장은 안 봐도 되나요?"라고 물었
다. 내가 묵고 있는 호텔 꼭대기 층에 분명히 카지
노가 있었지만, 도박에 별로 관심이 없어서 잊고 있
었다.

내가 계획한 소설의 주인공은 항상 무책임한 성
격이라 카지노에도 갈지 모른다. 그렇다면 한번 볼
까, 하고 나는 떨떠름하게 수락했다. 상사원과 엘리
베이터를 타고 올라가면서 "만약 돈을 벌면 그 가난
한 수녀들의 조산원에 바쳐야겠다."라고 중얼거렸
다. 거의 말뿐인 다짐이었다.

나는 도박으로 돈을 벌 리 없다는 확신마저 가지
고 있었기 때문에 그날 단 두 번만 룰렛을 했다. 그
리고 두 번 모두 당첨되었다.

대박이라고 할 수 없었던 것은, 그 카지노에서는
판돈의 상한이 정해져 있었기 때문에 내가 받은 돈
도 10만 엔이 채 안 됐다. 그러나 룰렛에 두 번 연속
당첨된다는 것은 사실 보통 사람이 만날 가능성은
거의 없는 행운이다. 어쨌든 이를 계기로 나는 개도
국에서 평생을 걸고 활동하는 일본인 신부와 수녀

를 지원하는 NGO(비정부 기구)를 만들게 되었다.

그날 밤 사람도 별로 없고 조명도 음침한 카지노에서 '엘리베이터 안에서의 맹세'를 확실하게 실현시킨 것은 하느님이라고 생각할 수밖에 없다. 이런 행운은 일반적인 확률로 인생에 찾아오는 것이 아니기 때문이다.

나는 하느님과의 약속은 어기지 않았다. 하느님은 열등생인 나의 존재를 기억하고 계시고, 별 생각 없이 엘리베이터 안에서 중얼거린 약속도 듣고 기억하고 계신다고밖에 생각되지 않는다. 인간이 죽음을 앞두었을 때, 신이라는 존재기 있고 없고는 참으로 중요한 요소이다. 이를테면 그런 생각을 한 번도 하지 않고 노년에 이르는 것은 어떤 의미에서 끔찍하다고 생각한다.

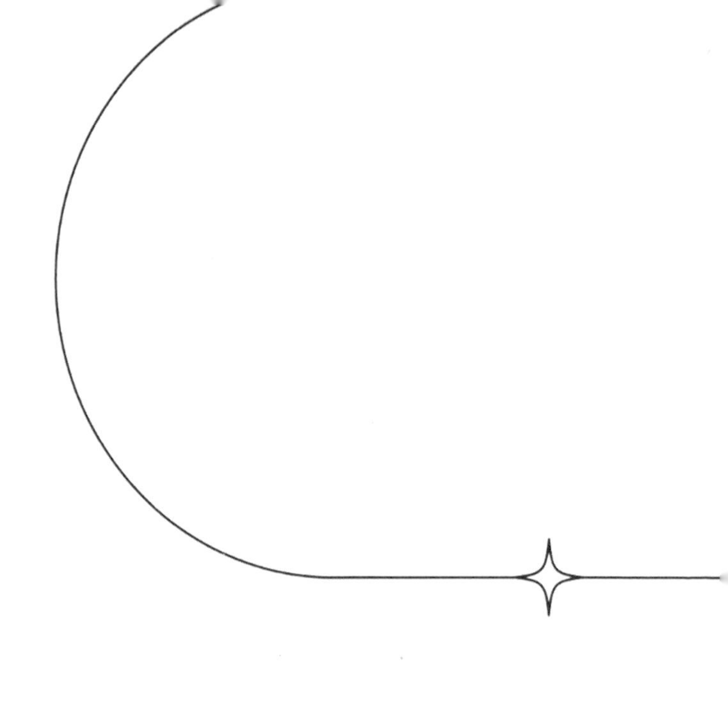

Fine

여운이 남는 삶에 끌리다

인생도 4악장으로 이루어져 있다

음악에 밝은 편은 아니지만 중년 이후 자연스레 클래식을 듣게 되었다. 그 전까지는 음악과 인연이 거의 없었다. 글을 쓸 때 음악 소리가 들리면 시끄럽다고 생각할 때가 많았다.

50세를 눈앞에 두고 질병 때문에 시력을 잃을 뻔했을 때 난생처음 CD로 음악을 듣기 시작했다. 안과 진료를 받으러 신칸센을 타고 나고야 근처의 병원까지 다니던 기차 안에서도 클래식 음악을 들었다. 책을 읽지 못하게 된 이상 그럴 수밖에 없었다. 그런 생활이 3년 가까이 계속되었다.

그때 나는 소설을 읽듯 음악을 들었다. 소설가가 작품을 구상하고 완성하는 과정은 잘 알고 있지만, 작곡가는 어떤 식으로 곡을 만들어 나가는지 궁금했다.

일반적으로 교향곡은 빠른 악장, 느린 악장, 미뉴에트(또는 스케르초), 빠른 악장의 4악장으로 구성된다. 고백하건대 나는 이런 형식이 있는지도 몰랐다. 3악장으로 끝이 나든, 5악장까지 끌고 가든 그게 무슨 상관인가 싶었다. 장편소설에 형식이나 길이의 제약은 전혀 없기 때문이다.

어디까지나 아마추어적인 판단이지만, 어느 교향곡에서나 같은 특징이 느껴졌다. 제1악장은 조금 딱딱하고 설명적이고 재미가 없다. 덜 익은 느낌이랄까. 그것이 제2악장으로 넘어가자마자 어느 곡이나 나름대로 자유로워지고 게다가 현란해진다. 무엇을 이야기하고 싶은 것인지 이해가 되면서 동시에 충분한 여유도 느낄 수 있다. 오케스트라의 연주도 그런 느낌인 것 같았다. 제1악장은 자동차에 막 시동을 건 것과 같아 좀처럼 온도가 올라가지 않는다는 느낌이다. 제2악장이 되면 따뜻하고 피가 구석구석도는 듯 연주에 활기와 윤기가 난다.

당시 내가 잘 이해하지 못한 부분은 제4악장이었다. 마지막 악장이므로 말하자면 곡에서 이야기하고자 하는 것을 총괄하는 부분이다. 하지만 모든 것이 힘을 너무 쏟는 것처럼 생각되어 견딜 수가 없었다.

내 시력은 2, 3년간의 절망적인 시기를 거쳐 수술을 받았고, 이제껏 갖지 못했던 좋은 시력을 갖게 되었다. 그 와중에 선물과도 같은 변화가 생겼다. 음악 소리가 시끄럽다고 생각했던 내가 매달 연재소설을 쓰기 전에 우선 정해둔 곡을 듣고 소설을 쓰기 시작하는 습관이 생긴 것이다. 일종의 테마곡이었다. 그 음악을 들으면 단절되었던 이야기와 정감이 떠올랐다. 한 달 전에 읽은 월간지 연재소설의 이야기와 정감이 되살아나는 느낌이었다.

그러나 제4악장이 그 작곡가의 사상이 집대성된 것임을 납득하게 된 것은 비교적 최근이다.

제1악장은 비유컨대 청년기의 '선언'이다. 학문이나 직업을 선택할 때 인생에 대한 희망이나 이상을 수립하는데, 대부분 현실보다 매우 높이 둔다.

다만 젊었을 때는 감정 기복이 심하고, 치졸하며 직선적이다. 이것저것 계획하고 시험 삼아 해보고 기분이 좋아지기도 하고, 실패하고 절망하기도 한다. 즉, 논리가 인생을 주도한다. 표현은 아직 매우 신중하고 확고하다. 이것이 제1악장이다.

30대, 40대가 되면 생활 방식이 꽤 안정되며 나다운 방향성이 생긴다. 이렇게 하면 잘 될 것이라는 경험칙도 좀 익히게 되고, 자신감이 넘치는 사람도 생긴다. 게다가 아직 경험하지 못한 미지의 인생도 많이 남아 있다. 가장 신나고 명랑한 제2악장이 매력적인 이유다.

제3악장에 대해서는 지금도 잘 모르겠다. 인생에 비유하면 50대, 60대에 해당한다. 미뉴에트나 스케르초는 3박자로 경쾌한 것이 특징이라고 하는데, 내 중년 이후에는 3박자의 경쾌함이라고는 전혀 없었다. 그냥 현실로 보자면 나의 50대, 60대는 정말 좋은 시절이었다. 젊은 나이는 아니었지만, 젊었을 때보다 시력은 더 좋아졌다. 애교로 넘어갈 나이는 아니었지만, 충분히 사람들 앞에 나설 수 있을 것 같았다. 나는 더 이상 잘 보이려고 애쓰지 않았다. 남녀를 불문하고 좋은 친구들이 많이 생겼다. 지적인 이야기도 할 수 있고, 나를 조금 개방하고 유머러스한 대화에도 잘 어울리는 나이가 되었다. 아들은 독립했고, 부모는 죽을 때까지 돌봐드렸고, 마음대로 여행도 떠날 수 있게 되었다. 그럭저럭 체력도 충분하고 경제적으로도 여유가 있었다. 무엇보다도 나의 남은 생애를 죽음이 찾아오기 전까지 어떻게 보내야 할지 그 테마가 분명해 보였던 시절이다.

그리고 머지않아 인생의 제4악장에 접어든다. 솔직히 교향곡의 제4악장에서 감동한 적은 별로 없다. 제4악장이 중요하다는 것은 최근에야 알게 되었다. 제1악장의 모티브는 어딘가에 계속 살아 있다. 마찬가지로 내 청년기의 희망이나 이상은 전혀 변하지 않았던 것이다.

다만 무슨 일이든 마무리는 필요하다. 예술에서는 특히 중요하다. 마무리가 안 된 예술 작품은 없을 것이다. 마무리야말로 여운을 만든다. 그리고 나는 언제나 여운이 남는 삶에 끌렸다.

언젠가 한국의 경주에서 신라 시대에 만들어진 종이 울리는 소리를 들은 적이 있다. 그 여운은 1분이나 2분이 아니었다. 믿을 수 없을 정도로 오래도록 고도(古都)의 산기슭에 감돌고 있었다. 그 소리를 어떻게 받아들일지는 사람마다 다르다. 나를 예로 든다면 여운은 아무것도 강요하지 않아서 좋다. 이렇게 느끼십시오, 라고 명령하지 않는다. 하지만 간절하게 호소하는 마음이 가득 담겨 있다.

나이가 들어 언덕을 내려가는 나를 보는 건 기쁨이다

우리는 직접 만나본 적이 없는 역사적인 인물의 삶에서 큰 영향을 받기도 하는데, 내 인생에서 그런 인물 중 한 명이 샤를 드 푸코(Charles de Foucauld) 신부다.

샤를 드 푸코는 1858년 프랑스 스트라스부르의 귀족 가문에서 태어났다. 8세에 부모와 사별하고 외조부 슬하에서 성장했다. 1868년 여름을 아버지의 여동생인 고모 집에서 보냈는데, 그곳엔 여덟 살 연상의 사촌 누나인 마리가 있었다. 샤를은 마리에게 깊은 사랑을 품게 되지만, 마리는 샤를이 16세 되던 무렵 드 봉디 부인이 된다. 여덟 살이나 어린 사촌 동생이 자신에게 그런 감정을 품고 있었다는 것을 마리는 상상하지 못했을 것이다.

샤를은 사관학교에 입학하고, 20세에 외조부가 별세하면서 재산을 상속받는다. 경제적으로 자유로워진 것이다. 마리를 잃어 자포자기했는지 샤를은 신앙을 잃고 여자와 식도락에 빠져 몸에 맞는 군복이 없을 만큼 비만해졌다고 한다. 1881년 알제리 전투에 참가했을 때는 미미라는 정체불명의 여성을 아내라고 속여 데리고 다녔고, 이 일이 들통이 나 '군이냐, 여자냐' 둘 중 하나를 선택하라는 강요를 받는다. 샤를은 거침없이 "여자를 선택하겠다."라고 말하고 군에서 쫓겨난다.

하지만 곧 샤를은 여자와 방탕한 생활에서 벗어나, 아랍어를 배우며 코란을 읽고 신앙에 대해 생각하게 된다. 모든 관심이 그가 훗날 걸어가게 될 신앙생활과 연결돼 있었다. 이윽고 프랑스로 돌아온 샤를은 남몰래 계속 그리워하던 마리와 재회한다. 마리의 설득으로 죄를 고백하고 성체를 받으면서, 자신이 신의 부름을 받았다는 것을 깨닫는다. 그때 샤를 드 푸코의 나이는 28세였다.

1890년 32세 때, 샤를은 속세에서의 마지막 밤을

마리의 발치에 앉아 보낸 뒤 트라피스트 수도원으로 들어간다.

1901년 사제 서품을 받자마자 샤를은 다시 알제리로 건너간다. 하느님이 자신을 부르고 있다는 자각도 있었겠지만, 실제로는 드 봉디 부인으로 살아가야 하는 마리의 삶이 자신의 존재로 인해 혼란스럽게 될지도 모른다고 생각한 게 아닐까. 그래서 영원히 자신을 마리에게서 멀리 두려고 한 것이 아닐까, 라고 나는 추측하고 있다. 1916년까지 약 15년간 단 세 차례 프랑스로 돌아왔을 때를 제외하면, 샤를은 알제리의 타만라세트 산지에 틀어박혀 원주민들을 개종시키려 했다. 그러나 전혀라고 해도 좋을 만큼 효과는 없었다.

1916년 이슬람 과격파의 습격을 받았을 때 샤를 드 푸코는 사살되었다. 그를 쏜 사람은 15세의 소년이었다. 샤를의 발밑에는 유언으로 마리에게 전해 줄 것을 부탁한 친필로 옮겨 쓴 성서가 떨어져 있었다.

1903년, 아직 충분히 젊은 45세였던 샤를. 우리의 상식으로 봤을 때 앞날이 창창한 장년기의 한가운

데였지만, 이미 그는 다음과 같이 썼다.

"나이가 들어 언덕을 내려가는 나를 보는 건 더할 나위 없는 기쁨입니다. 그때부터 우리는 어떤 문제나 관계를 잘 풀어 없애버리기 시작하기 때문입니다."

성직자로서 모순되는 일이지만, 샤를 드 푸코도 젊음이나 자기의 존재 그 자체를 잃어버리게 될 것이라는 예감이 들 때 비로소 자신의 진심을 신 앞에 솔직하게 드러낼 수 있었을 것이다. 죽기 1년 전인 1915년 여름, 샤를은 살아서는 평생 만나기를 피한 채 사랑했던 마리에게 편지를 쓴다.

"타만라세트에서 미사를 올린 지 10년이 넘었습니다. 그러나 단 한 명도 개종하지 않았습니다."

샤를의 생애는 상식적으로 말해서 완벽한 실패였다. 죽게 되는 그날도 그는 마리에게 편지를 썼다.

"내가 항상 괴로워하고 있다는 것을 느낍니다. 사랑한다는 것을 항상 느끼는 것은 아닙니다. 이것이 더 큰 고통입니다."

그가 말한 사랑은 마리를 향한 것이 아니었다. 신부로서 선교지의 사람들을 향해야 할 사랑이 흔들리는 것에 샤를은 괴로워했다. 인간으로서 자신의 있는 그대로의 모습을 죽는 그날까지 계속 똑바로 바라본 것이 샤를에게는 용기였고, 그것이 인간으로서 완성되기 위한 길이었을 것이다.

Fine

죽음 고지(告知)에 대하여

남은 시간을 알려주는 것이 환자를 돕는다

죽음은 사형이 집행되는 것이라고 생각하는 사람이 많은 것은 당연하다.

사형은 극악한 범죄를 저지른 사람에게만 적용되는 것으로, 우리처럼 최소한 살인도 방화도 하지 않은 사람이 받아야 할 형벌은 아니라고 생각하는 사람도 있을 것이다.

그런데 그렇지가 않다. 판결에 의한 사형은 아니지만, 돌연사가 아닌 이상 죽음은 그게 언제든 반드시 사전에 선고된다. 최근에는 암 환자에게 주치의가 죽음을 고지하는 경우도 많아졌다고 한다. 환자

입장에서도 그렇게 해주기를 바라는 사람이 늘었기 때문일 것이다. 그 이유로 첫째는 사람은 죽을 때까지 해야 할 일들이 있다. 죽을 때를 선고받은 것만으로도 낙담하여 아무것도 할 수 없게 되는 사람도 있겠지만, 많은 사람들이 이전처럼 꿋꿋하게 자신이 해야 할 역할을 조금이라도 해내고 끝내려 하기 때문이다. 죽음의 날이 정해짐으로써 남은 날들의 유효성은 훨씬 커지고, 하루하루가 의미 있고 각별해지는 것이다.

또 다른 이유는 판단력이 있는 환자에게 계속 거짓말을 한다는 것이 간병해야 하는 가족이나 주변 사람들에게 상당한 부담이 되기 때문이다. 환자에게 진실을 감추기 위해 가족은 입을 맞춰서 거짓말을 한다. 보통 사람에게 거짓말이라는 재능은 그리 많은 편이 아니다. 타고난 거짓말쟁이인 사람도 없지는 않다. 하지만 보통은 일단 거짓말을 시작하면 그 이후로도 조리 있게 이야기를 맞춰가지 않으면 안 되게 되고, 그러다가 지쳐버린다. 결국은 거짓말이 들통나고 신뢰 관계까지 잃게 된다.

중환자를 돌보고 있는 가족은 심리적으로 계속

고통을 겪는다. 죽음으로 인한 이별 예감, 치료비 걱정, 병문안 갈 시간 마련, 그에 따른 몸과 마음의 피로…. 무엇 하나 가볍지 않은 중압감이다. 거기에 밝은 얼굴로 거짓말까지 해야 한다는 의무가 생긴다면 짐은 점점 더 무거워진다.

모든 인생에는 저마다 안고 가야 할 짐이 있고, 그것은 죽어가는 환자 또한 마찬가지다. 그래서 사회는 죽음을 고지하는 방향으로 향하게 되었을 것이다. 나는 좋은 시대가 되었다고 생각한다. 의사가 알려주는 죽음은 자연 현상에 속하는 일이며, 인생 계획 중 한 가지다. 그 계획에 의사가 그야말로 자연스럽게 도움을 주는 것뿐이기 때문이다.

이런 형태로 '사형'을 선고받은 순간을 언급한 수필이나 인터뷰를 몇 편 읽었다. 간혹 당사자가 "머릿속이 백지장처럼 하얘졌습니다."라고 표현했는데, 솔직히 말해서 그 기분에 공감할 수가 없었다. 나는 어린 시절부터 가정적으로도 그랬고, 사회적으로는 전쟁 때문에 적지 않은 수라장을 경험했다. 하지만 한 번도 머릿속이 백지장처럼 하얘질 정도라는 생각은 해본 적이 없다. 물론 가까운 데서

폭발이 일어나거나 하면 그 순간 인간의 생체 반응
은 극도로 긴장하기 때문에, 머릿속이 하얘진 것처
럼 느껴지고 아무 생각도 나지 않았을 것이다. 그러
나 몸에 이상이 생겼음을 감지하고 병원에 간 사람
이라면, 의사로부터 죽음에 이르기까지 남은 기간
이 얼마나 된다는 이야기를 듣게 될 수도 있다는 생
각을 잠시라도 해봤을 것이다.

그리고 선고와 더불어 죽음으로 가는 도정이 시
작된다. 어떤 길을 가게 될지는 당사자도 알 수 없
을 것이다. 인생에는 일정한 형식이 없다. 실제로
그 시간이 고통스러워서 자살하는 사람도 있다. 서
두르지 않아도 머잖아 자연스레 죽게 된다는 보증
을 받았는데, 라고 나는 생각한다. 게다가 머잖아
죽게 된다고 해도 살아 있는 동안에는 무슨 일이 생
길지 모른다. 꼭 한 번 보고 싶었던 첫사랑을 만나
게 될 수도 있고, 복권에 당첨되어 가족에게 안정된
미래를 선물하게 될 수도 있다. 오랫동안 헤어져서
그리웠던 친어머니를 만날 날이 올지도 모른다.

이렇게 극적인 사건은 없더라도, 내가 어느 날
'일 디보(Il Divo)'라는 그룹이 부른 '어메이징 그레이스(Amazing Grace, 놀라운 신의 은총)'를 듣고 놀람과 감동에 어쩔 줄을 몰랐던 것처럼 개인적으로 특별한 날과 조우하게 될지도 모른다.

한때 내가 일했던 소규모 NGO 단체는 남아프리카공화국의 요하네스버그에서 활동하는 에이즈 환자 호스피스의 요청으로 8구의 시신을 냉장할 수 있는 영안실을 기부한 적이 있다. 건설 비용 220만 엔은 우리가 냈다. 그 개소식에 나도 참석했다. 화창한 어느 오후의 일이었다.

그곳에서 근무하는 2, 30명의 직원들이 영안실 앞에 모였다. 불과 2, 30미터 떨어진 잔디밭 벤치에는 환자 몇 명이 앉아 볕을 쬐고 있었다. 그들은 자신에게 닥쳐올 운명을 알고 있었다. 머잖아 죽음이 찾아오리라는 것을 각오하고 있는 사람들이었다. 그들 중에는 호스피스에 24시간도 채 있지 못하고 숨을 거두는 사람도 있었다. 삶과 죽음은 오후의 빛 가운데서 종이 한 장 차이의 섬뜩한 거리를 두고 이웃하고 있었다. 그들은 죽음 곁에 있고, 나는 특별한 이유도 없이 삶 곁에 있었다. 그 잔혹한 대비에 내 마음은 갈피를 못 잡고 당황했다.

그래서 우리는 '어메이징 그레이스'를 불렀다. 죽어가는 사람들도 우리들도 모두 죽음의 그 순간에 버림받지 않는다는 것을 실감하고 있기 때문이었다. '일 디보'의 노래를 듣자 그때의 감동이 되살아났던 것이다.

이 노래의 가사를 의역해보면 아래와 같다.

"놀라운 신의 은총은
나처럼 가련한 자도 버리지 않았습니다.
일찍이 나는 방황하고 있었지만
사실 나는 지켜보고 있었습니다.
나는 운명에 대해 장님이었습니다.
하지만 지금 내게는 모든 것이 보입니다.
신의 은총이 얼마나 인자하셨던지."

죽음의 고지를 쉽게 받아들일 수는 없지만, 적어도 죽기 전에 알아두고 싶었던 것들, 만나서 좋았던 것들을 만나고 알게 되었음은 감사할 일이 아닐까. 그 때문이라도 우리는 스스로 죽음의 시기를 앞당겨서는 안 된다.

적극적으로 죽음을 맞이할 계획을 세울 수 있다

죽음을 일방적으로, 고압적으로 강요된 사형과 같다고 받아들인다면, 이에 대한 대처법은 별로 의미가 없는 것이 되어버린다.

이런 경우 죽음은 강요된 폭력이며, 당사자에겐 천재(天災)처럼 피할 길이 없는 거대한 모순이기 때문이다. 폭음을 하고, 가족에게 넋두리를 계속하고, 어떤 식으로 저항을 하든 반드시 상대가 이기는 것이 죽음이다.

그렇다고는 하지만, 여러 번 말한 것인데, 만약 우리에게서 죽음이라는 인생의 마지막이 박탈된다면 어떤 비참한 일이 벌어질까. 인간에게 가장 잔혹한 형벌은 영원히 죽지 않는 것이다. 다행히 이 무시무시한 형벌이 세상에서 시행된 적은 없다. 영원히 살고 싶다는 소망은 그 현실을 진지하게 생각해본 적 없는 인간의 어리석은 희망이라고밖에 말할 수 없다.

모든 일은 수동적으로 마지못해 받아들이느냐 적극적으로 받아들이느냐에 따라 의미도 크게 달라진다. 죽음을 이성적으로 납득한 인생의 결말로 받아들인다면, 그때는 밝은 햇볕이 보일 것이다.

이 같은 진리를 납득시켜주는 광경을 자연은 어디에나 준비하고 있다. 집 근처 강변이나 공원에 가보자. 집 근처에 그런 곳이 없다면 시내의 은행나무 가로수 밑에라도 서보자. 가을이 되면 나무들은 대부분 단풍이 든다. 노랗고 빨갛게 물든 나뭇잎은 며칠간 고운 색깔을 뽐내다가, 이윽고 메마른 땅과 비슷한 색으로 바뀐다. 윤기가 흐르던 싱싱한 생명이 물러가는 모습이다.

해마다 낙엽이 질 무렵이면 나는 같은 말을 한다.

"한동안은 낙엽 쓰느라 고생이겠군."

은행나무나 느티나무 가로수에 집이 면해 있는 사람들도 투덜거린다.

"낙엽은 미끄럽잖아요. 혹시라도 노인분들이 미끄러져 넘어지면 큰일이라서 미리 쓸어둬야 해요."

그러고 2, 3개월이 지나면 우리는 다시 막대기처럼 앙상해진 가지를 올려다보며 중얼거린다.

"벌써 꽃봉오리가 부풀어 오르네. 봄기운이 나네."

우리 집 매화나무는 가지가 축 늘어져 있는데, 매

년 3월 5일경이면 화려하다 못해 요염해 보일 정도로 만발한다. 그리고 나는 또 중얼거린다.

"정말 신기하네. 달력도 볼 줄 모를 텐데 어떻게 해마다 3월 5일쯤 되면 꽃이 활짝 피는 걸까. 난 일순 오늘이 몇 월 며칠인지 모를 때가 많은데 말이야."

2001년 3월 5일 이 매화나무가 만개한 날, 우리 부부는 한때 페루의 대통령이었던 후지모리 씨를 배웅했다. 후지모리 씨는 100일 가까이 우리 집에서 지냈다. 그는 새로운 삶을 위해 떠나기로 결심했고, 우리 부부는 문 밖까지 나와 그를 전송했다. 우리 부부가 그를 맞이한 것은 그가 페루로 돌아가지 않고 여행지인 일본에서 정치적 망명을 한 그 극적인 날이었다.

그때 나는 재단 대표로 일하고 있었고, 그 일 때문에 후지모리 씨를 알게 되었다. 당시 후지모리 씨에게 자택을 임시 거처로 제공하는 것은 여러 가지 의미에서 오해나 중상이나 협박을 초래할 우려가 있어, 정부나 재계의 사람들로서는 하기가 어려웠다. 그들과 달리 우리 부부는 잃어버릴 명예도 지위도 없는 일개 소설가였다. 국가 원수로서의 설 곳을 잃고 한 민간인으로 돌아간 사람을 묵게 하는 것은 아무것도 아닌 일이었다. 우리 부부는 단지 페루의 일본 대사관에서 발생한 인질 사건을 기억하고 있을 뿐이었다. 당시 페루 대통령이었던 후지모리 씨의 노력으로 인질로 붙잡혔던 일본인 24명 전원이 무사히 구출되었다. 그에 대한 보답을 누군가는 해야 한다고 생각했다.

후지모리 씨가 새집과 일터를 찾아 우리 집을 나선 것은 3월 5일이었고, 그날을 정한 것은 후지모리 씨 본인이었다. 우리는 그날 이 늘어진 매화나무 아래서 기념사진을 찍었다. 100일간 경비를 맡았던 경찰서의 서장도 제복을 입고 전송하러 나타났다. 그리고 도쿄에서 가장 못생겼다는 말을 듣는 우리 집 고양이까지 부르지도 않았는데 쫓아와서는 내 발밑에서 포즈를 취했다. 우리 집 고양이는 나와 성격이 딴판이어서 사진 찍기를 무척이나 좋아했다.

지금 후지모리 씨는 페루 리마의 교도소에서 특별 대우를 받으며 구금돼 있다고 들었다. (알베르토 후지모리는 2023년 12월 7일 사면을 받아 석방되었으며, 2024년 9월 11일 암으로 세상을 떠났다. ──옮긴이) 아마도 우리는 다시 만날 기회가 없을 것이다. 하지만 그것은 조금도 마음 아파할 일이 아니다. 사람은 언젠가 만나기 마련이고, 만나면 언젠가는 헤어지기 마련이다.

숲과 가로수의 나뭇잎들이 일제히 지는 것은 죽음이 조작해서가 아니다. 그것은 삶의 변화에 대비하기 위해서다. 이를 납득하게 되면 자신의 죽음도 다른 사람의 삶을 위해 자리를 양보하는 것임을 분명히 알 수 있다. 그리고 그 죽음을 적극적으로 맞이하려는 계획도 할 수 있을 것이다.

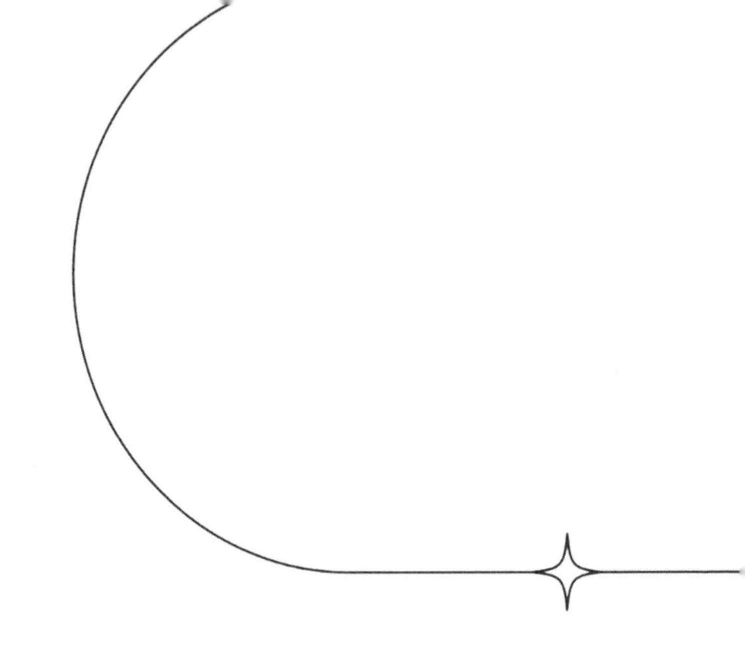

Fine

운명을 인정하지 않으면 죽음은 괴롭다

인간은 누구든 마지막은 지는 싸움

나처럼 80대를 눈앞에 둔 사람에게 죽음은 가까운 미래에 겪게 될 현실로 보인다. 그 사람도 죽었고, 이 사람도 머잖아 죽겠지, 그리고 나도 앞으로 10년 후에는 세상에 없겠지, 라는 실감이 다가온다.

전에는 내가 죽을 때를 떠올리면 아무도 없는 낯선 땅으로 걸어 들어가는 게 상상됐다. 나는 바람만 불어오는 인적 없는 강가에 서 있는 것 같았다. 하지만 이 나이가 되면 죽은 다음의 세계가 더 이상 고독하게 느껴지지 않는다. 그 사람도 이 사람도 이미 저세상에 도착했다. "우아, 오랜만입니다. 당신은 오늘 도착했습니까?" 하고 서로 반갑게 재회하게 될 것 같은 기분이 든다. 그래서일까. 내가 상상하는 내세는 인적 없는 강가가 아니라 참으로 활기찬 풍경으로 바뀌고 있다.

그 정도로 분명하게 생각하는 것은 아니지만, 알게 모르게 조금씩 그런 기분에 가까워지고 있다. 나는 내가 세상 사람들과 마찬가지로 평범한 운명에 놓이기를 원했다. 그래서 늘 이렇게 생각하며 살아왔다. 남들이 한 일이라면 나도 할 수 있다…. 사람이 태어나 죽어야 한다면 나도 죽는 게 당연하다…. 살아 있는 사람은 모두 죽었다. 이 지구가 발생하고 46억 년의 시간이 흐르는 동안 태어난 사람의 수만큼 죽음도 존재했다.

항상 하는 말이, 사람은 죽음을 두려워하지 않고 죽음에 이르는 고통을 두려워한다는 것이다. 고통은 확실히 무섭다. 나는 74세에 복사뼈가 부러지는 부상을 당했는데, 금방 수술할 수 있는 상황이 아니어서 부기가 가라앉을 때까지 기다려야 했다. 수술할 때까지 부러진 복사뼈에 키르슈너 강선이라는 기다란 금속 막대를 꽂아 넣었다. 금속 막대가 관통

한 내 발목이 꼬챙이에 꿴 꼬치구이 재료처럼 보였다. 이렇게 발목에 꼬챙이를 박아 어긋난 복사뼈를 정위치로 돌려놓는 것이었다.

발목에 꼬챙이를 박을 때는 마취 때문인지 통증은 그렇게 심한 게 아니었다. 그러나 도중에 무슨 일로 견인 시스템이 빠졌을 때는 아파서 참을 수가 없었다. 나는 그 상태에서 의사가 원인을 찾을 때까지 45분 동안 버텼다.

결국 통증은 대책이 없는 공격이다. 통증뿐만이 아니다. 호흡 곤란도, 가래가 멈추지 않는 고통도, 구역질도, 임종의 순간을 상기시키는 고통은 모두 그렇다. 일방적으로 상대방 페이스에 말려드는 공격이다.

안쓰러워 보이는 건 좌절을 모르고 살아온 사람의 임종이다.

사소한 좌절 한 번 겪어본 적 없는 사람도 물론 없겠지만, 나는 꽤 공공연한 운명론자인 데 반해 그런 패배자의 논리는 용납하지 않는다는 사람을 간혹 만나게 된다. 나는 바로 "할 수 없지."라며 내가 저지른 실패를 용서한다. "인생은 원래 이런 거야.

물론 지금 내가 겪고 있는 상황이 최선이라고는 할 수 없지만 최악도 아니니까, 엄청난 행운이지.”라고 낙관적으로 생각하는 것이다. 그리고 나머지는 체념해버린다. 나는 체념이라는 행위를 인생에서 가장 유효한 선택으로 여기고 있다.

그런데 인생의 우등생, 패배를 경험한 적도 용납한 적도 없는 사람은 나처럼 싸우다가 꽁무니를 빼고 도망가는 패배자적 태도를 절대 자신에게 허락하지 않았다. 틀림없이 ‘하면 된다’ 라는 그 정신이다. 그동안 노력해서 보답 받지 못한 적이 거의 없었다는 행운도 있는 사람이다.

그런데 사람에게는 반드시 패배하는 마지막 싸움, 자신에게 부당한 결과를 안겨주는 싸움이 기다리고 있다. 바로 죽음이라는 것이다. 패배하는 싸움은 한 번이니 괜찮다고 생각할 수도 있지만, 나는 단한 번의 싸움이라도 잘 처리하기 위해서는 약간의 마음의 준비가 필요하다고 생각한다.

인생의 숱한 싸움에서 항상 승리자의 위치를 차지했던 사람들은 대부분 그때까지 건강하다. 식욕도 있고 체력도 있다. 매력적인 성격에 학교 성적도 좋았다. 배울 만큼 배웠고, 노력한 것은 대부분 나름의 성과를 이뤄왔다는 사람들이다. 교양을 갖춘 온화한 성품의 부모 밑에서 평온하게 성장한 사람도 많다. 특출한 미남 미녀는 아니었어도, 그때까지 그런대로 이 세상에서 누리며 살아왔다.

이런 사람들에겐 세상을 제패할 기력도 있다. 남들은 들어가기 정말 어렵다고 하는 대학에 합격하는 목표를 이뤘으니, 자격시험 등을 보면 '보다 높이, 보다 멀리' 같은 목표를 만들어 한 계단 한 계단 정상을 향해 나아간다. 남들보다 높은 자리에 앉는 것에 별로 부끄러움이나 불편함을 느끼지 않는다. 리더의 위치에 올라서도 리더로서의 매력을 충분히 발휘하고, 아랫사람을 배려하는 모습도 보여준다. 그러므로 '실력도 없는 주제에…' 하고 험담하는 사람은 아무도 없다.

건강 관리에도 많은 주의를 기울인다. 술도 담배도 멀리하고, 건강식품을 섭취하고, 운동도 열심히 하려고 신경 쓰고, 한 달에 한 번은 건강 진단을 받는다. 죽음의 신이 들이닥칠 여지는 어디에도 없는 것처럼 보인다. 하지만 그런 사람에게도 죽음은 반드시 찾아온다.

우리 인생의 마지막 싸움은 죽음의 일방적인 승리로 정해져 있다. 아무리 의료 기술의 도움을 받아도, 의사의 지시에 따라 요양 생활을 계속해도 생명을 영원히 이어가지는 못한다. 좌절을 모르고 살아온 사람에게 이런 상태는 정의, 도덕, 질서 등 모든 것에 대한 배신과 반역으로 느껴진다.

운명은 평등하지 않다

특히 전후(戰後) 일본은 어린 학생들을 실로 허약하게 만드는 교육을 해왔다. 그 첫 번째가 평등과 공평을 믿게 만든 것이다. 노력하면 반드시 보상을 받는다, 희망만 버리지 않으면 반드시 성공할 것이라는, 정상적인 어른이라면 믿지 않을 것을 아이들에게 태연히 가르쳐왔다. 물론 우리는 이념으로서의 평등을 소망하고, 이를 위해 노력하고 있다. 그러나 인간의 자질은 태어날 때부터 평등하지 않다.

나는 수학을 못했다. 노래도 듣기 민망할 정도로 못 불러서 절대로 부르지 않는다. 애국가 제창 때는 아주 작은 목소리로 립싱크를 하듯이 부른다. 당연히 노래방에 가본 적도 없다. 사실 듣는 것도 좋아하지 않는다. 파바로티만큼 노래를 잘 부르는 사람이 많지 않기 때문이다(당연한 얘기다!). 그래도 세상에는 나름대로 노래를 잘하고 좋아하는 사람이 많다.

발목을 수술하고 5개월쯤 되었을 때 혼자 가방을 끌고 이탈리아의 어느 온천에 요양차 들렀다. 친구가 온천 요법을 추천했기 때문이다. 그곳에 머무는 동안 온천욕보다도 이탈리아의 생활을 맛보는 즐거움이 더 컸다. 이탈리아에는 파바로티 외에도 노래를 잘하는 사람들이 아주 많다. 내가 묵었던 호텔은 로마 시대부터 온천탕이 있던 곳인데, 손님에게 진흙 목욕을 시켜주는 아주머니 한 분이 있었다. 이 아주머니의 칸초네 솜씨는 전문가 못지않았다. 마지막 날 내 몸에서 진흙을 씻어내며 "라 코메디아 테르미나타!(그럼 이것으로 끝이에요!)"라고 말해주었다. 인생이 코메디아(희극)라는 것은 아니지만, 진흙 목욕으로 다리의 통증을 낮게 하고 싶은 나의 기대도 행위도 모두 희극일지도 모른다.

누구나 이 세계에는 자신에게 없는 재능을 타고난 사람들이 많다고 생각한다.

같은 이유로 건강과 수명 또한 평등하게 주어지지 않는다. 평균 수명까지 사는 사람도 있고, 유아 때 죽는 생명도 있다. 나 같은 기독교인은 어린아이가 죽으면 하느님이 그 아이를 그 모습대로 천국에 데려간다고 믿는다. 무구한 어린아이는 의식적으로 죄를 범할 수 없기 때문에 행운의 죽음이라고 한다. 무신론자는 어림도 없는 소리라고 강변할지 모르겠으나 우리들에겐 이런 믿음이 큰 위안이다.

그리스인들은 사람이 언제 어떻게 죽어야 가장 행복한지를 고민했다. 그 대답은 헤로도토스가 쓴 《역사》에 나오는 '클레오비스와 비톤' 이야기에 잘 나타나 있다.

아르고스에 클레오비스와 비톤이라는 두 형제가 있었다. 두 사람 모두 체력과 건강한 심성을 타고 났다.

형제의 어머니는 헤라 신전의 여사제였다. 제례가 있는 어느 날, 어머니를 태우고 가는 소가 밭에 나가 있어 달구지를 끌 수 없게 되었다. 그러자 두 아들은 소 대신 멍에를 지고, 어머니를 45스타디온(약 8킬로미터)이나 떨어진 신전까지 데려다주었다.

사람들은 이 효자들을 칭찬했다. 그날 밤 두 아들을 위해 성대한 축하연이 베풀어졌다. 감격에 겨운 어머니는 행복의 절정 속에서 두 아들을 위해 기도했다. 부디 세상에서 최고의 행복을 내 아들들에게 베풀어달라고 기도한 것이다. 축하연이 끝날 무렵 형제는 술에 취해 잠이 들었고, 그대로 두 번 다시 깨어나지 않았다. 그것이 어머니의 기도를 들은 신의 응답이었다.

헤로도토스는 《역사》에 이 이야기를 담으면서 "신은 인간에게는 삶보다 오히려 죽음이 바람직함을 분명히 보여주셨다."라고 썼다.

사람은 죽음의 날에 이르러서야 참으로 운명은 평등하지 않음을 비로소 실감한다. 내 시어머니는 89세에 돌아가셨는데, 어느 여름날 낮에 목욕을 마치고 "조금 피곤해서 한숨 자야겠구나."라고 말하고는 그대로 깨어나지 못했다. 같은 방에 있던 시아버지는 귀가 좀 어두워 아내의 죽음을 알아차리지 못했다. 건강하게 천수를 누리다가 앓지 않고 죽는 게 요즘 사람들의 소망이라고 하는데, 거의 그에 가까운 생애였다.

반면에 평생토록 병석에서 일어나보지 못한 채
생을 마감하는 사람도 있다. 제3자인 우리들이 애도
한다고 해서 본인에게 위로가 될지는 모르겠지만,
인생의 부조리에 같은 인간으로서 슬픔을 공유하는
것은 헛되지 않다고 믿는다. 그것이 내 자신의 현실
이든 타인의 운명이든 부조리에 시달리는 것은 헛
수고가 아니라 우리를 인간다운 복잡한 존재로 만
들어주는 과정인 것 같은 실감이 있기 때문이다. 그
리고 지구상의 모든 인간이 동물로서가 아닌 인간
으로서 깊어지는 것이야말로 이 세상을 보다 살기
좋은 곳으로 만드는 일이 아닐까 생각한다. 그리고
그 운명을 부조리의 원인으로 받아들여준 사람에게
도 깊이 감사드린다.

Fine

이제부터는 아내가 있는 사람은 없는 사람처럼

당분간은 죽지 않는다는 믿음

2006년 다리 골절로 일시적으로 신체 장애인이 되어, 몸의 부자유가 어떤 것인지를 실감했다. 억지가 아니라 그때의 경험이 내게는 귀중한 선물이었다.

지금까지 특별히 '몸조심'을 하며 지내온 것은 아니다. 업무상 수십 차례 개도국의 오지에 발을 들였지만 콜레라에 걸린 적도 없고 말라리아가 발병한 적도 없었다. 콜레라는 일본에서 환자가 나오면 난리겠지만, 개도국에서는 언제든 만성적으로 존재하는 질병이다. 말라리아는 이제 그 지역의 풍토병이라고 할 수 있다. 나는 이런 나라를 방문할 때는 과식을 삼가고 가능하면 게으름을 피워 면역력을 유지하려고 조심했다.

내가 불결함에도 둔감하고 육체적으로 병원균에도 강하다는 것은 확실히 복된 일이기는 하다. 하지만 지금까지 내장에 탈이 난 적도 없다는 현실은 일종의 편향된 인생이라고 말할 수 있다. 병을 앓는 게 좋다는 뜻은 아니다. 하지만 인간의 삶은 아플 때도 있고 건강할 때도 있는 것이 자연스럽다. 건강이 좋은 것은 당연하지만, 앓아누운 적도 없다고 할 정도로 건강한 것도 편향된 인생이라고 말하지 않을 수 없다. 한편으로는 인간이라면 누구나 경험해야 할 고통과 슬픔에 둔감해졌을 것이다. 그 약점을 나는 부상으로 일거에 만회했다.

인간만이 먼 훗날의 죽음을 생각할 수 있고, 동물은 죽음을 인식하지 못한다고 한다. 내가 방문한 아프리카 오지 마을들에서는 잔치가 있을 때면 반드시 가축을 잡아 온 마을 사람들이 나눠 먹는 행사를 하는 풍습이 있었다. 처음부터 끝까지 그 과정을 보고 있으면, 동물도 자신의 죽음을 예감하는 것 같은 기분이 든다. 제물이 될 동물은 끌려나오면 곧 눈초리가 이상해지고 똥오줌을 싸며 이상할 정도로 긴장한다. 눈앞에 다가온 죽음은 동물도 인식하는 것이 아닐까 생각한다.

인간은 죽음에 이르는 병을 선고받지 않는 한 아직 살아 있다는 안도감에 도취된다. '아직'이라는 표현에는 '무한'이 담겨 있다. 언제까지나 죽지 않고 현재의 삶이 유지되리라는 인식이다. 거기에 죽음은 없다.

다리를 다치기 전까지는 걸음이 불편한 사람들을 생각해본 적이 거의 없었다. 친정어머니가 노년이 되어 보행이 곤란해지자 당시만 해도 드물었던 '자가용'으로 모시려고 우선 운전면허를 땄다. 그리고 모아둔 돈이 부족해서 어머니에게도 조금 돈을 빌려 중고차를 샀다. 그렇게 난생처음 차를 몰고 나가면서도 걸음이 불편한 어머니의 입장은 생각하지 않았다. 그저 걸음이 불편한 어머니를 모셔야 하는 기사로서의 내 입장에만 충실했다. 어머니처럼 몸이 불편한 장애인에 대해서는 당연히 의식하지 못했다.

이 세상에 태어나 우리가 손에 쥐게 된 것들, 우리가 누릴 수 있었던 상태는 잠시 빌린 것과 마찬가지다. 쓰나미나 산사태를 당한 사람들은 한 시간 전까지 멀쩡했던 집을 잃고, 게다가 가족으로서 당연히 함께해야 할 사람들까지 잃었다는 것을 깨닫게 된다. 그가 굳게 믿었던 인생의 역사와 생활이 산산조각난다고 할까. 허무하게 흩어져 사라진 것이다. 그런 가혹한 운명과 맞닥뜨리는 사람도 있다.

만약 우리가 소나 양과 달리 먼 미래를 예측할 수 있는 힘을 가졌다면, 우리는 지금의 상태, 즉 살아 있다는 것만 믿지 말고 먼 훗날의 죽음 또한 예측하며 살아가야 한다. 모순되는 것 같지만, 이 둘을 양손에 쥐고 살아야 함을 인정해야 참된 인간인 것이다.

나는 가톨릭 수도원에서 운영하는 미션 스쿨을 다녔고, 학창 시절 내내 이와 비슷한 표현을 들으며 가르침을 받았다.

"우리는 영원의 한순간을 살고 있을 뿐입니다."

"이 세상은 잠시 왔다 지나가는 여로입니다."

자연히 나라는 인간이 형성되는 데에 적잖은 영

향을 받았을 것이다. 나는 삶도 죽음도 깊이는 믿지 않는다는 태도를 취하게 되었다. 설령 의사에게 예후가 좋지 않은 병이라는 말을 듣게 되더라도, 살아 있는 동안에는 죽지 않은 것이다. 바꿔 말하면, 죽는 날까지 누구나 살아 있는 것이다. 오늘은 분명 살아 있는 날에 포함되어 있다. 죽음을 향해 한 발 더 나아간 것이 아니라 나의 삶이 하루 더 늘어난 것으로 생각하고 싶다.

만사를 지금뿐이라고 생각한다

마흔 무렵부터 성경 공부를 시작했고, 성경에서 서신으로 취급되고 있는 사도 바오로의 편지도 정독했다.

바오로는 예수의 직제자인 12사도로는 꼽히지 않는다. 예수 믿는 사람들을 박해하러 다니던 시절, 다마스쿠스 근처에서 벼락처럼 쏟아지는 한 줄기 빛 속에서 예수의 존재를 느낀 사람이다. 바오로는 그 빛 가운데에서 자신을 부르는 주님의 목소리를 듣게 된다. 이성적인 사람이 생각하기에는 '만났다'는 설명이 이해가 안 될 만큼 신비로운 체험인데, 바오로는 그 직후 회심하고 초대 교회를 세우는 등 초기 그리스도교 부흥에 중추적인 인물로 활약했다.

내가 바오로에게 끌리는 이유는 그 유례없는 표현력 때문이다. 쏟아지는 빛 속에서 주님의 목소리를 들었을 때부터 사흘 동안 바오로는 앞이 보이지 않게 되어 살아갈 용기를 완전히 잃고 실의에 빠져 있었는데, 주님이 보낸 하나니아스라는 남자의 방문으로 시력을 회복하고 세례를 받았다고 한다.

바오로의 생애는 가혹했다. 박해와 기나긴 선교의 길에서 몇 번이나 생명의 위협을 겪다 투옥되었고, 결국에는 로마에서 순교했다고 한다. 바오로는 그리스도교도로서의 삶을 받아들인 이후 현세를 살아가는 평범한 인간이 아닌 예수의 사상과 행동을 따르는 제자로서의 삶을 철저하게 지켰다.

"형제 여러분, 내가 말하려는 것은 이것입니다. 때가 얼마 남지 않았습니다. 이제부터 아내가 있는 사람은 아내가 없는 사람처럼, 우는 사람은 울지 않는 사람처럼, 기뻐하는 사람은 기뻐하지 않는 사람처럼, 물건을 산 사람은 그것을 가지고 있지 않은 사람처럼, 세상을 이용하는 사람은 이용하지 않는 사람처럼 사십시오. 이 세상의 형체가 사라지고 있기 때문입니다.”(코린토 신자들에게 보낸 첫째 서간 7:29-31)

이 짧은 문장 속에 현세를 살아가는 인간의 행동 양식과 추구해야 할 바른 목적이 모두 담겨 있다. 이런 문장은 그리 많지 않다.

내가 놓인 상황, 인간관계, 행동, 모든 일들을 그때뿐인 것으로 여기라는 것이다. 특히 중요한 것은, 매사에 연연할 수밖에 없는 우리네 인생일지라도 연연하지 않는 듯 살아야 한다는 충고이다. 가족과 함께 단란한 행복에 취해도 좋지만, 그것도 오래 지속될지는 알 수 없다. 지금 현재 직면하고 있는 불행에서 더 이상 일어설 수 없다고 생각해 좌절한 사람도, 이 행복이 앞으로도 계속될 것이라고 믿고 있는 사람도, 모두 앞날을 제대로 보지 못하고 있다.

우리는 내가 연관된 상황을 굳게 믿고 있다. 자신이 참여하고 있는 정치적 기반, 자신이 일군 사업, 자신이 만든 인맥 등 모두 개인에게는 소중한 것들이다. 그러나 바오로는 그 모든 자신이 관여해온 것들을 믿어서는 안 된다고 말한다.

높은 자리에 앉아 있는 동안에는 꼬리를 흔들며 따라오는 사람이 많다. 그러나 일단 자리에서 물러나면 언제 그랬냐는 듯 상대도 해주지 않는다. 주변에서 흔하게 듣는 이야기다. 나중에 실망하지 않기 위해서라도 세상에 깊이 관여하지 말고 지혜롭게 처신하라는 것이 바오로의 가르침이다.

지금껏 살면서 권력을 갖게 된 사람과는 내 쪽에서 먼저 멀어졌다. 은연중에 사양하고 멀어졌던 것이다. 그런 사람은 매우 바빠졌으므로 나와의 교제 같은 개인적인 교제에 시간을 빼앗겨서는 안 된다고 생각했다. 공인으로서 그의 시간을 지켜주기 위한 나름의 배려였다.

하지만 정말 마음이 맞는 사람과의 우정은 서로의 입장에 관계없이 유지되는 것 같다. 나는 그 사람이 권력의 자리에서 멀어지거나 내려갔을 때 다시 우정을 재개할 기회를 만드는 일이 많았다. 그때는 더 이상 상대방 입장 때문에 신경 쓸 것도 별로 없다. 피차 홀가분한 일개 시민이라면 우정을 앞에 두고 고민하지도 않을 것이다.

바오로의 가르침은 강렬한 울림으로 나를 감동시킨다.

"이제부터 아내가 있는 사람은 아내가 없는 사람처럼" 살라고 말한다. 아내도 언젠가는 세상을 떠난다. 요즘 시대상을 반영해 말하면, "아내가 나 몰래 애인을 만들 수도 있다." "언제 이혼 서류를 내밀지 모른다."라는 의미가 아닐까. 그러니 마음속으로 항상 잃는 것을 전제로 생각하고 있으라는 말이다. 이건 확실히 동물이 할 수 있는 일이 아니다.

바오로는 물건을 가진 사람에게도 같은 말을 한다. 가령 현금, 부동산, 보석, 미술품 등을 갖고 있더라도 "가지고 있지 않은 사람처럼" 생각해야 한다고 말한다. 그렇다면 처음부터 갖지 않는 것과 마찬가지가 아닌가, 라고도 할 수 있지만….

미국처럼 총기 소지가 자유로운 나라에 사는 부자들은 외출 시 값비싼 장신구를 절대로 몸에 지니지 않는다. 자기가 가지고 있는 진짜와 똑같이 생긴 이미테이션을 몸에 지니고 외출한다. 그 이야기를 듣고, 그게 사실이라면 처음부터 진짜를 갖지 못한 사람과 다른 게 뭐지, 라는 생각이 들었다.

바오로는 초대 교회 신도들에게 왜 그처럼 회의적인 태도를 요구한 것일까. 누구에게나 "정해진 때는 다가오고" 있기 때문이다. 즉, 누구나 나이에 상관없이 죽음을 곁에 두고 살아가기 때문이다.

죽음을 눈앞에 두었을 때 비로소 우리는 마땅히 그래야 하는 인간의 모습으로 돌아간다. 그것을 생각하면 죽음에 대한 관념이야말로 인간성의 회복이며, 각성이라는 생각이 든다.

Fine

자연사는 일종의 해방

소식이 끊긴 부인

이미 오래전의 일이지만 계속 마음에 걸리는 사람이 있다. 편지로만 알고 있는 사람인데 가족 관계가 좋지 못했다. 장성해 성인이라기보다는 중년에 가까워진 아들은 조현병을 앓고 있었다. 급성 질환과 달리 어제오늘 발병한 것은 아닐 것이기 때문에, 이미 오랜 세월 천천히 조금씩 서로를 이해할 수 없게 되었을 것이다. 이제 아들은 '혼자만의 세계'라는 고치 안에 틀어박혀 타자의 존재가 의식 속에서 사라졌을 것이다.

이기주의자를 보고 있으면 우울해진다. 물론 정

도의 차이일 뿐 우리는 누구나 이기주의자다. 나를 희생시켜 타인의 괴로움을 떠맡기는커녕 조금이라도 자신만 편하면 '아, 다행이다.' 라고 생각하는 게 보통이다. 하지만 가족 중에 자기밖에 생각할 줄 모르는 사람이 있다면 커다란 슬픔이 될 것이다.

이 여성도 틀림없이 어느 부모라도 그랬던 것처럼 노력했을 것이다. 치료 방법을 모색하고, 아들을 격려하고, 놀이나 일을 통해 어떻게든 아들 스스로 삶의 목적을 찾아낼 수 있게끔 도와주려고 했다. 그렇게 하면 아들이 사회에 도움도 될 수 있게 되지 않을까, 라고 시행착오를 반복했을 것이다. 편지 내용은 따뜻하고 예의 발라 어째서 이런 사람이 이런 운명에 시달려야 하는가 하는 생각이 들 정도였다. 그래서 만난 적도 없는 그 사람을 잊을 수 없게 되었다.

이 여성의 또 다른 고통은 남편과도 고생을 나눌 수 없는 일이었다. 어떤 슬픔이라도 나눠 주는 사람이 있으면 아주 달라진다. 하지만 남편은 슬픔을 나눠 갖기는커녕 항상 기분이 언짢고, 마음에 들지 않는 것이 있으면 폭력을 휘두르는 사람이었다.

남편도 하나뿐인 아들의 질병에 조바심이 났을 것이다. 그래서 화가 났을 것이다. 취직도 못하고 결혼도 못한 채 온종일 집에 틀어박혀 지내니 당연히 수입도 없다. 자신들이 죽은 뒤 이 아들은 어떻게 되는 걸까, 하고 생각하면 절망한 나머지 아내를 탓하게 되었는지도 모른다.

게다가 이 부부의 경우, 이런 아들을 낳은 것은 당신 때문이라는 식의 대화도 있었다고 한다. 말할 것도 없이 아들은 아버지와 어머니의 합작품이다. 만일 외가에만 나쁜 유전적 요소가 있었다고 해도, 그것을 이제 와서 따질 일이 아니다. 지나간 일을 헤집어 서로에게 상처를 주기보다는 현실의 운명을 함께 버텨나가며 조금이라도 나은 쪽으로 끌고 가려는 것이 일반적인 부부다.

그렇지 못했기에 이 여성은 집에서 고독했다. 무슨 심정으로 매일을 버텨왔을까. 물론 인간은 어떤 상황에서도 자신을 포기하지 않고 구원하려는 본능이 있으므로 기분 전환을 위해 자기만의 즐거움을 발견했는지도 모른다. 상세한 사정을 모른 채 타인의 처지를 동정하는 것도 실례가 될 것이라고 생각하며 편지를 기다리는 수밖에 없었다.

　이 여성은 도쿄에서 멀리 떨어진 지방에 살고 있었다. 경제적으로 힘들다는 호소는 한 번도 없었기 때문에, 최소한의 형편은 유지되고 있으리라 짐작하기도 했다.

　그러던 어느 날 문득 깨닫고 보니 이 여성의 소식은 끊어져 있었다. 좋은 쪽으로 생각할 수도 있었다. 아들이 어딘가 시설이나 병원에 들어가고, 이 여성의 어깨에서 무거운 짐의 일부가 제거되었을 수도 있었다. 혹은 불평만 하는 남편이 무슨 이유로 집에서 없어졌을지도 모른다. 하지만 그렇다면 이 여성은 내게 알려올 것 같기도 했다. 이렇게 연락이 두절되었다는 것은, 지극히 평범하게 생각하면, 이 여성이 죽었다고 보는 것이 자연스러울 수도 있었다.

해결이자 구원이라는 죽음의 기능

　그 여성의 사연에 좀 더 귀를 기울일걸 그랬다. 이제 와서야 후회한다. 나는 내 생활에 얽매여 있었다. 바빠서 틈틈이 편지를 쓸 여유도 없었다. 어물쩍 위로하기도 싫었다. 아주 가끔 내 책을 보내는 정도가 고작이었다.

아무래도 그 사람은 이미 세상을 떠난 듯싶다. 그래서 편지도 안 오고 잠잠해진 것이다. 아마도 그런 해결 방법밖에는 없었던 모양이다. 왜 그 사람은 가정을 버리고 도망치지 않았을까, 라고 혼자 생각해볼 때도 있는데, 그녀로서는 선택할 수 없는 탈출구였을 것이다.

남편뿐이라면 그녀는 도망쳤을지도 모른다. 하지만 아픈 아들이 있다. 그녀는 아픈 아들을 돌보지 않을 수 없었다. 아들은 그녀의 마음도 모른 채 차갑게 굴었다. 아들이었기 때문에 그러는 게 뼈에 사무칠 만큼 슬펐을 것이다.

그리고 나는 그녀의 죽음을 조금도 슬퍼하지 않고 있다는 것을 깨달았다. 생의 마지막 순간까지 아내로서 어머니로서 책임을 다했다면, 그녀의 인생은 어떤 의미에서는 성공이었다고 생각한다.

죽는 것 외에는 도망갈 수 없는 처지가 지금도 엄연히 이 세상에 있다.

나는 지금도, 그리고 누구에게나 죽음만이 유일한 해결책인 상황이 있다고 생각한다. 모두가 서로

돕고 어려운 사람을 구한다는 것은 아름다운 이야기지만, 그런 미담이 항상 성립하는 것은 아니다. 사람들 입에 오르내리는 미담은 시시한 텔레비전 드라마의 스토리처럼 일마 못 가 턴로 나곤 한다. 그래서 조금 현명한 사람들은 동화 같은 해결책을 기대하지는 않는다. 가정불화를 겪으며 성장했던 나의 어린 시절을 떠올려봐도 그렇다. 비록 어린아이일지라도 구원에 희망을 걸지 않는다. 가장 좋은 방법은 자신에게 죽음이 주어지는 것이라고 생각한다.

지금도 때로는 죽음이 정말 좋은 해결책이라고 생각한다. 자살은 안 된다. 살인도 안 된다. 그러나 자연적인 죽음은 항상 일종의 해방이라는 기능을 갖는다. 통증이나 고통으로부터의 해방인 경우도 있고, 책임이나 부담으로부터의 해방인 경우도 있다. 주위 사람들에게 슬픔과 곤혹스러움을 남긴다는 점에서 무책임하다고 하는 경우는 있지만, 죽는 사람에게는 자연스럽게 생명을 끝내면 확실한 구원이 될 수 있다.

이런 죽음의 기능까지 망각해서는 안 된다고 생

각한다.

아무리 힘든 상황이라도 한도가 있다. 그 사람에게 자연사가 찾아오는 순간이다. 기한이 있는 고뇌는 견딜 수 있는 법이다. 그렇기 때문에 만약 지금 힘든 일이 있다면 그것을 잘 기억하고 견뎌야 한다. 언젠가 죽게 될 그날이 오면 그 고통으로부터 해방되는 것에 깊이 감사하며 편안히 떠나면 된다.

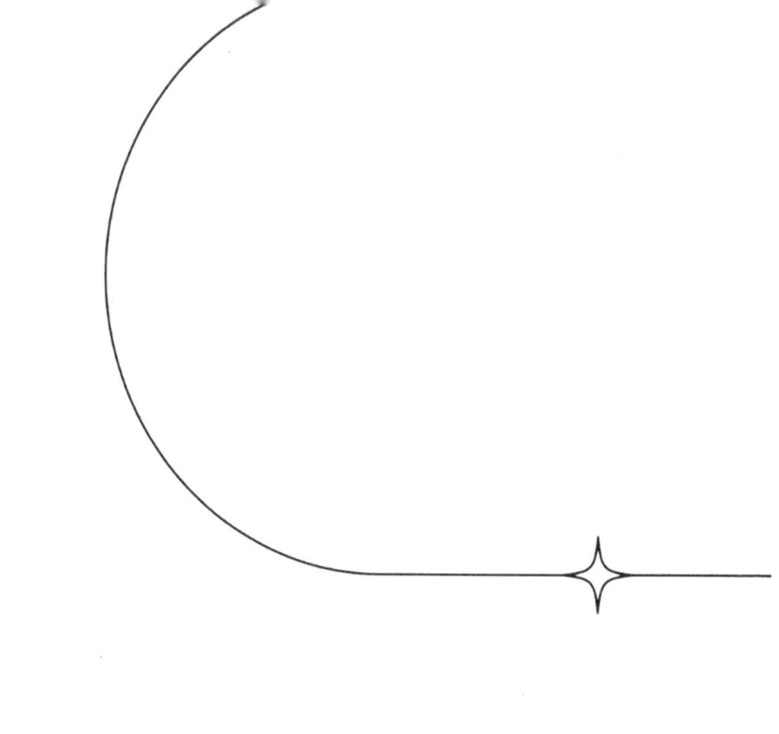

Fine

후회하지 않으려면

죽을 때 후회하는 스물다섯 가지

오쓰 슈이치(大津秀一)라는 의사가 쓴 《죽을 때 후회하는 스물다섯 가지》라는 책이 있다. 그 책에 언급된 25개 항목에 대해서는 이미 알고 있기에 그 것만으로도 깊이 생각에 잠기곤 한다.

이분은 완화 의료, 즉 호스피스 전문의로 그동안 천여 명의 죽음을 지켜봤다고 한다. 그 체험에서 죽음에 직면한 사람들이 마지막 순간에 남긴 '그렇게 했어야 하는 건데', '그렇게 하지 않은 게 후회스럽다' 같은 회환의 목소리 중 가장 빈번하게 등장하는 25개 항목을 소개하고 있다. 아직 살아 있는 사람들

은 지금 후회의 씨앗을 남기지 않도록 하라는 경고
인 것 같다.

스스로도 놀란 일이지만, 사실 나는 이 의사가 예
로 든 25개 항목을 모두 이행하고 있다. 자랑하려는
건 절대 아니다. 그 이유는 뒤에 설명하기로 한다.
아무튼 나는 이 25개 항목을 어렴풋이 알고 있었고,
그래서 후회가 남지 않도록 인생의 나아갈 방향을
잡아왔을 것이다.

'담배를 끊지 못했다' 라든가, '건강을 소중히 여
기지 못했다' 라든가 하는 후회도 25개 항목에 포함
되어 있다. 나는 담배를 피우지 않는데, 건강을 생
각해서가 아니라 기관지가 약해서다. 위장은 튼튼
한데 호흡기는 자신이 없었기 때문에 도저히 담배
를 피울 수 없었을 뿐이다.

하지만 건강을 위해서는 어쩔 수 없이 시간도 돈
도 꽤 썼다. 시력이 약해지고 있던 40대에는 두통과
어깨 결림, 저혈압으로 고생했다. 지압을 받고, 한방
책을 읽고, 침을 맞으러 다니며, 사혈(瀉血, 치료 목
적으로 침으로 피를 뽑아내는 것) 요법을 시도했다.
그러는 사이에 한방을 내 경우에만은 아마추어의

범위에서 잘 사용할 수 있게 되었다. 그 당시 매일 밤 읽던 한방 책은 어찌나 많이 읽었던지 너덜너덜 해질 정도였다. 두통을 치료하려고 침 치료를 계속 받다가 급기야는 내가 직접 침을 놓을 수 있게 되었 다. 내 마음속 어딘가에는 시력을 완전히 잃게 되는 날이 올지도 모른다는 두려움이 있었다. 그런 날이 찾아오면 손가락 끝에도 눈이 달렸나 싶을 만큼 뜸 자리를 정확히 찾아내는 나의 재능이 도움 될 것 같 아 한편으로는 감사한 마음까지 들었다. 이만한 재 능이라면 침구사로 먹고살 수도 있겠다 싶었다. 그 시절엔 어디를 가든 침을 갖고 다니며 두통을 침으 로 가라앉히곤 했다. 그때 침을 만나지 못했다면 두 통약에 중독되었을 것이다.

내가 건강을 소망한 이유는 나의 직업이 육체적 으로 건강하지 않으면 견디기 힘든 일이기 때문이 다.

어느 날 문득, 내 안에서 글을 쓰는 데 필요한 재 능이 사라진 것 같은 기분이 들었다. 책상 앞에 앉 는 것도 몸이 나른해 힘들고, 앉아도 편하게 쓸 수 없다. 그런 날에도 책은 편하게 읽을 수 있다. 내용도 확실히 머리에 들어온다. 아래층에 내려간 김에 주방 앞을 지나가면서 반찬 한두 가지를 만들 마음이 들기도 한다. 그러다가 내가 글을 쓰지 못하는 이유를 깨닫는다. '아, 또 목이 안 좋아졌구나.' 가벼운 감기였다. 반찬 한두 가지를 만드는 것이라면 감기에 걸려도 할 수 있다. 열이 38도까지 치솟아도, 다리가 부러진 지 3시간밖에 지나지 않았어도 강연을 할 수 있다. 모두 내가 직접 체험하며 알게 된 일이다. 하지만 소설을 쓰는 작업은 무엇보다도 육체의 컨디션이 최상이 아니면 할 수 없다는 것을 알게 됐다. 그래서 나는 건강에 유의했고, 나름대로 많은 노력을 기울였다.

그 25개 항목 중에는 '고향에 가지 않았다', '내가 하고 싶은 일을 하지 않았다', '꿈을 이루지 못했다', '맛있는 음식을 먹어두지 않았다', '가고 싶은 곳에 여행하지 않았다' 같은 내용도 있다. 자기희생적인 생애를 보낸 사람은 아마도 위에 열거한 항목 중 한 가지 이상에 공감할 것이다.

나는 지금 살고 있는 동네에서 세 살 때부터 살았다. 몇 번이고 이곳을 떠나게 되리라고 생각했지만,

주변 사람들이 내가 이곳에 살기를 바란다는 것을 알고 눌러앉아 버렸다. 나는 고향을 떠나지 않았던 것이다.

내가 하고 싶었던 일과 꿈은 오직 소설을 쓰며 사는 것이었다. 그것이 이루어진 데는 행운이 80퍼센트를 차지한다. 나머지 20퍼센트는 내 성격에 의지했을 거라고 생각한다. 내겐 한 가지 일을 몇 년씩 붙들고 늘어질 수 있는 둔중함이 있다. 즉, 사람이 조금 둔감하고, 한 가지 일을 몇 년이라도 계속할 수 있는 성격만 있으면, 어떤 일이든 보통 정도의 제구실은 한다.

내 일의 성격상 맛있다고 소문난 요리를 접할 기회가 많았다. 사장님, 혹은 정치가들만 출입할 수 있는 요정에도 가보았다. 하지만 소문난 요리라서 맛있다고 생각한 적은 없다. 맛있음이 느껴지는 최고의 조건은 공복과 건강, 그리고 나만의 기호다. 요즘 나는 손수 밭을 일궈 신선한 채소를 수확한다. 그것들로 거의 매일같이 직접 요리도 하기 때문에 소박하지만 맛있는 것을 나도 먹고 가족들도 먹게 된다. 오늘은 호박을 따서 조렸다. 신선한 호박은

큼직하게 썰어도 5, 6분이면 익는다. 조림을 한 후에도 대지에서 품고 있던 생명의 향과 맛을 그대로 간직하고 있다.

최근에 시작한 '보고 싶은 사람들 만나두기'

가고 싶은 곳을 여행한다는 건 확실히 사치였다. 내가 가고 싶은 곳 중에는 사막도 있었다. 52세 때 젊은 시절부터 사막을 동경했던 친구 다섯 명과 사하라를 종단했다. 사하라에 가는 것은 뉴욕이나 파리에 가서 노는 것보다 돈이 많이 든다. 특수한 차량을 마련하지 않으면 위험하기 때문이다.

사하라 종단이라고 해도 랠리와는 주행 방법이 달라 나름의 어려움을 안고 있었다. 차가 고장 났을 때의 안전도 고려해 적어도 두 대 이상의 사륜구동으로 차량을 편성해야 했다. 랠리라면 주최 측에서 중간중간 물과 음식, 특히 가솔린을 공급해줄 것이다. 하지만 우리는 이 모든 요건을 자력으로 해결해야 했다. 사람이 살지 않는 1480킬로미터의 거리를, 물 한 방울 나지 않는 사막의 깊고 오묘한 곳들을 우리 힘으로 벗어나야 했다. 사륜구동은 일본에서 구입해 특수 장비를 장착한 후 현지로 보냈다.

원칙적으로 나는 혼자만의 여행을 좋아한다. 그러나 사막을 혼자 돌아다닐 수는 없다. 참가자들은 제각기 특기를 가진 사람들이었다. 카메라맨, 고고학자, 기술자, 전기 전문가, 자칭 조리사 등이었다. 나를 아는 사람들은 "그랬다가는 사막에서 크게 싸우고 중간에 돌아오게 될 거예요."라고 예언했지만, 우리 팀은 지금도 1년에 몇 번씩 바쁜 시간을 쪼개 만나고 있다.

그때까지 30년 가까이 글을 써 온 나였다. 술집에 가지도 않았고, 쇼핑에 열을 올리지도 않았다. 사하라 여행이 최초로 나를 위해 헛돈을 쓸 기회였다. 내가 좋아하는 일을 하기 위해 평생에 단 한 번 큰돈을 쓴 것이다.

사막에서 운전하는 법을 배우고 하루 여섯 시간 이상 사륜구동을 운전했다. 그 사이에 사막은 보름달을 맞았다. 달빛이 너무나 밝아 눈이 부셔 잠을 이룰 수 없는 밤이었다. 현실은 며칠째 세수도 못하고, 양치질도 못하고, 옷도 갈아입지 못한 채였다. 보통 사람이라면 돈을 주고 시켜도 피할 일을 나는 거금을 내고 했다. 그런데 운명이란 참으로 알 수가 없어서, 이 일견 낭비로 보였던 사하라 종단이 50세 이후 내 창작 세계를 생각할 수 없을 정도로 확장시켜주었다.

따라서 나는 '일만 하느라 취미를 즐기지 못했다' 라는 항목에 해당 사항이 없다. 책상에만 앉아 있으면 가슴이 메말라 쓸 게 없어진다는 것을 비교적 젊은 나이에 본능적으로 알았기 때문이다. 하기야 이것은 윤리나 상식과는 전혀 관계가 없는, 오직 작가라는 직업을 선택했을 때 비로소 허용되는 삶의 방식일 것이다.

내가 생각하는 인생엔 낭비가 포함되어 있다. 그래야만 인생사가 깊어지고 또 즐겁다. 실패도 망설임도 모두 필요하다. 병에 걸리기도 한다. 그거면 됐다고 언제나 마음속으로 중얼거린다.

이밖에도 몇 가지 항목이 더 있다.

나와 관련이 없는 후회로는 '나쁜 일에 손을 댄 것' 과 '감정에 휘둘려 일생을 낭비한 것' 이 있었다. 사소한 감정의 흐트러짐은 나 역시 자주 겪었다. 나쁜 짓은 아니지만, '더 이상은 속수무책' 이라는 느낌으로 해야 할 일들 앞에서 게으름을 피운 적도 있다. 가족과 사회, 국가가 정해놓은 대략적인 지침을 지켜왔기에 이만한 일들은 용서받을 것이라고 생각한다. 현재의 일본에서 이 정도의 보호는 누구나 받을 수 있는 것이라고도 생각한다.

25개 항목 중에 '내가 제일이라고 믿어 의심치 않았던 것'이 있어서 사실 깜짝 놀랐다. 주위를 조금만 둘러보면 자신이 제일이 아니라는 것을 쉽게 알 수 있다.

자연스럽게 결혼해서 아이를 가졌고, 손자도 보았다. 평범함이 최고의 덕목이라 믿으며 살아왔다. '기억에 남는 연애를 하지 못했던 것'을 후회하는 사람도 많았다고 한다. 나는 성인이 된 후 줄곧 만났던 사람들을 '계속 사랑하고 있었다'라고 말할 수 있다. 내게 사랑은 존경과 감사에서 우러난다. 다만 그 감정을 일일이 상대방에게 털어놓으며 풍파를 일으키지 않았을 뿐이다. 그래서 내 연애는 모두 '감춰진 사랑'이었다고 해도 좋다. 교활하게 들릴지 모르겠는데 '감춰진 사랑'에는 실연이 없다. 그리고 최근, '보고 싶었던 사람을 만나지 않았다'

는 후회를 남기지 않으려고 은연중 마음에 남아 있는 사람들을 만나러 다니기 시작했다. 거기에는 남성뿐만 아니라 여성도 포함된다. 그러면 '사랑하는 사람에게 고마워, 라고 말하지 못한 것'을 후회하지 않을 수 있을 것이다.

'나의 장례를 생각해두지 않은 것'에도 해당 사항은 없다. '유산을 어떻게 할지 결정하지 않은 것'도 마찬가지다. 내 입장에서는 사소한 일들이라 일찍이 계획을 세워두었다. 나를 가장 행복하게 만들었던 것은 '신의 가르침을 알지 못한 것'이라는 항목에 해당하지 않은 것이다. 어렸을 때부터 신의 존재를 가깝게 느끼고 있었다. 신을 이해하지는 못했지만, 신의 개념이야말로 인간으로서의 분수를 깨닫게 해주었다고 믿는다.

Fine

죽음은 공평하다

죽음은 공평과 평등의 사상을 되새기는 교육 수단

현대인의 생활은 모든 인간의 사고, 행동이 논리적으로 제시됨으로써 실행되며, 그것이 명쾌하게 평가되는 것을 전제로 하고 있다. 그 이외의 것은 허용되지 않는다. 그러나 거기에 유일한 예외가 있다. 죽음이다.

개인의 죽음은 그 시기도 모르고 순서도 정하지 못한다. 그 대신 죽음과 점점 가까워지는 사람은 살아 있는 동안 여러 가지를 잃게 되고, 이를 통해 계속 살아갈 자들과 구별된다. 역사학자인 필립 아리에스(Philippe Ariès, 1914~1984)는 《죽음과 역사》

에서 다음과 같이 쓰고 있다.

"빈사 상태의 사람은 더 이상 신분을 갖지 못하고, 따라서 더 이상 존엄성을 갖지 못하게 된다. 그들은 음지에 사는 사람, 경계인이다."

그런 불법이 현세에 있음을 옛사람이라면 납득할 수 있었다. 신변에 불법이 만연했기 때문이다. 흑사병이 유행하는 것만으로도 사람들은 맥없이 쓰러져 죽었다. 적정한 재판도 없고, 사람은 린치로도 살해되었다. 사람이 납치되고 약탈당하고 노예로 팔렸다. 왕후의 생활을 하는 사람도 있는가 하면, 먹을 것도 없이 거지꼴로 사는 일도 종종 있었다. 귀족과 평민은 다른 세계에 사는 것으로 여겨졌다.

하지만 지금은 아니다. 모든 사람의 미래에는 희망이 있어야 하고, 소질이나 출신에 따라 차이가 생기는 것도 바람직하지 않은 것으로 여겨진다. 만약 희망이 좌절되었다면 그 이유가 분명하게 제시되어야 한다. 중간에 불평등이 개입했다면 시정되어야 한다.

물론 이 같은 사회적 움직임은 환영할 만하다. 그러나 그러한 인간의 얕은꾀가 소용없는 것이 죽음의 본질이다. 현대 사회에서는 피해를 본 사람이 가해자로부터 배상을 받거나, 사회가 대신 피해액을 보상해주는 경우가 흔하다. 하지만 한 살에 죽는 아이도 있고 100세까지 장수를 누리는 사람도 있는 세상에서, 일찍 죽는다는 것은 개인적으로 엄청난 손해에 해당하지만 이를 제도로 배상해주는 국가는 없다.

예전에 가엾은 한 청년의 죽음을 목격했다. 20대 후반이었던 그는 연인이 생겨서 결혼을 준비하던 바로 그때 암이라는 진단을 받았다. 사랑하는 사람과 오래 함께하려던 꿈도 깨지고, 게다가 말기 암이었기 때문에 짧은 시일 안에 이 삶과도, 사랑하는 사람들과도 헤어져야 했다. 나는 이토록 애처로운 운명의 폭력을 본 적이 없다. 하지만 사회도 그 누구도 이 젊은이에게 보상해줄 수 있는 것이 없었다.

죽음은 현대 사회에서 유일하게 공평과 평등의 사상을 무너뜨리는 역할을 하고 있다. 그것이 좋다는 것은 아니다. 하지만 공평과 평등이라는 관념이 실현되는 것이 현실적으로 불가능하기 때문에 죽음은 이를 일깨워주는 가장 강력한 교육 수단일지도 모른다.

'계속 살아가라'는 사자의 목소리

사자(死者)는 이미 침묵하고 있으며, 일찍이 어떤 화려한 지위에서 권세를 누렸든 그 힘은 과거의 기억이라는 가공의 것이 된다. 아직 죽지 않은 사람이라도 임종을 앞두고는 거의 사자와 마찬가지로 취급된다. "빈사 상태의 사람은 더 이상 사회적 가치가 없기 때문"이라고 아리에스는 그 이유를 설명하고 있다.

사자가 가장이며, 사장이며, 이보다 더 큰 권력을 지녔던 사람인 경우에는 남은 가족들은 성대한 장례식과 길게 늘어선 문상객의 방문만이 아니라 사회적으로 유명한 인물의 문상을 기대하게 된다. 사후에도 여전히 훈장과 위계에 집착한다. 하지만 이런 것들은 당사자가 살아서 누렸던 권력에 비하면 아지랑이처럼 덧없는 수준이다. 그렇다면 아리에스의 말처럼 빈사 상태의 사람이나 이미 세상을 떠난 사자는 무력한 것일까.

사자가 남긴 다양한 형태의 유산이 살아남은 사

람들에게 도움을 준 이야기를 우리는 많이 알고 있다. 그렇다면 재산도 명성도 없이 보통 서민으로 조용히 임종을 맞는 대다수의 사람들은 아무것도 남기지 않는 걸까.

친정어머니와 시부모님은 돌아가시기 전까지 얼마 안 되는 돈이라도 항상 생활비에 보태셨다. 우리 부부가 경제적으로 여유로워져서 부모님들의 생활비 정도는 충분히 드릴 수 있게 된 후에도, 가정부에게 천 엔짜리 지폐를 건네며 "다음에 외출할 때 내가 먹을 버터도 사다주세요."라고 말하는 식이었다. 우리 부부도 부모님들이 자립 정신을 잃지 않는 것은 중요한 일이라고 생각했기 때문에 하시는 대로 잠자코 지켜보기만 했다.

그렇게 돈이 거의 다 떨어졌을 때 양가 부모님은 돌아가셨다. 친정어머니가 83세, 시어머니는 89세, 시아버지는 92세에 세상을 떠나셨으니 수중에 돈이 없든 아직 남았든 천수를 다하셨다고 생각한다.

사람은 누구나 죽음을 기회로 남기는 것이 확실히 있다고 믿는다. 그것은 남겨진 사람들이 어떻게 살아야 하나, 라고 고민에 빠졌을 때 사자의 목소리로 들려온다.

평생을 착하게 살려고 노력했던 사람이라면 자신이 죽은 후에도 남은 가족들은 건강하게 일하면서 행복하게 살기를 바랄 것이다. 아들을 붙잡고 넌 반드시 총리대신이 되어야 한다고 야망을 심어주는 부모도 어딘가에는 있을지 모르지만, 인간은 태어날 때와 죽을 때만은 이상할 정도로 소박해진다. 아기가 태어날 때 부모들이 바라는 단 한 가지는 육신이 온전하고 건강한 것이다. 사자가 남기고 가는 가족에게 바라는 것은 '모두가 행복하게' 라는 평범한 것이다. 그것이야말로 우리가 항상 듣고 있는 사자의 목소리다. 사자가 아직 살아 있는 내게 무엇을 바라고 있는지는 목소리는 없어도 항상 말하고 있다.

그 목소리는 필시 "계속 살아야 한다." 라는 것이다. 자살해서도 안 되고, 자포자기해서도 안 된다. 원망도 분노도 아름답지 않다. 사람이 죽는 것은 자연의 순리다. 그러니 살아 있는 사람도 지금껏 살아온 대로 나날의 생활 속에서 가능하면 품위 있게, 사소한 향상이라도 목표로 삼고 계속 살아가는 것이

바람직하다. 그것이 사자가 우리에게 들려주는 목
소리이며, 우리가 항상 듣고 있는 가르침이다. 이
목소리를 흘려들어서는 안 된다.

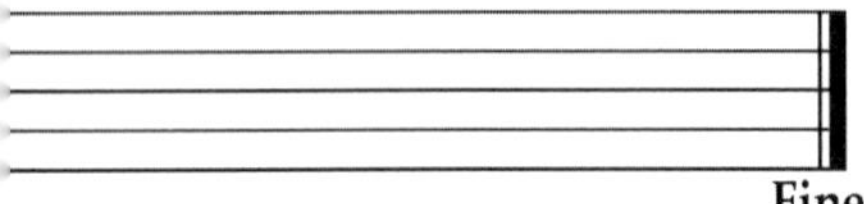
Fine

죽음은 삶의 통과 의례 중 하나

시작부터 생각할 줄 알아야 한다

밭일을 하게 된 지도 어느새 30년 가까운 세월이 지났다. 엄연한 농사라고 말하고 싶지만, 창피해서 그렇게는 말하지 못하겠다. 나 같은 생무지가 땅을 일궈 그 어려움을 알게 되니, 농사를 업으로 삼고 있는 분들에 대한 존경심이 점점 커진다. 농사가 생업이 아닌 사람은 감히 농사라고 말할 수 없게 되는 것이다.

그래도 다른 사람들에 비하면 농작물이 어떻게 생산되는지를 많이 알고 있는 편이다. 최근에는 중년임에도 농업에 대한 지식이 전혀 없는 사람이 적지 않다. 벼에서 껍질을 벗겨내 쌀이 나오는 과정을 본 적이 없다는 거짓말 같은 이야기도, 어쩌면 정말일지 모른다고 생각하게 된다.

즉, 현대의 우리들은 물질의 생성 과정을 거의 모르고 살아간다. 그래도 사는 데엔 불편함이 없다. 닭고기만 해도 처음부터 적당한 크기로 다듬어져 포장된 후 마트에 진열된 상품이다. 그러나 나는 아프리카를 여러 번 방문해본 덕분에 닭고기는 어떻게 만들어졌는지 알게 되었다. 나는 요리를 좋아해서 외국 방문 중에 우연히 알게 된 일본인에게 있는 재료로 뭔가 일본식 요리를 좀 만들어드릴까요, 하고 쓸데없는 말을 한다. 간장밖에 없다고 하면, 계란덮밥이라도 만들어주려고 한다. 그 밖에 닭고기에 계란, 양파, 설탕까지 있다면 꽤 제대로 된 일본식을 만들 수 있기 때문에, 그것으로 결정한다.

그러나 대도시가 아니면 동네에 슈퍼도 없는 아프리카에서 계란덮밥을 만든다는 것은 내가 생각하는 것만큼 편한 일이 결코 아니다. 내가 메뉴를 정하자마자 부엌 뒤쪽에서 '꼬꼬댁꼬꼬댁!' 하고 뭔가 불길한 소리가 들려온다. 재료인 살아 있는 닭을 가지고 온 것이고, 그 날개를 잡아 목을 꺾고 털을 뽑고 살과 뼈를 해체하는 작업을 해야 한다. 물론 이런 고장 사람들은 닭을 죽이는 것도 아주 잘하고, 닭을 절대 고통스럽게 죽이지 않는다. 순식간에 피를 흘리게 해 닭이 죽음을 느끼기도 전에 의식을 잃게 만드는 게 아닌가 싶을 정도다. 그러나 어쨌든 닭고기는 살아 있는 닭에서 시작하는 것이지 토막부터 시작하는 것은 절대 아니다.

농사도 그렇다. 나는 농사의 기본을 조금은 경험한 덕분에 요즘 유행하는 사고방식에 물들지 않을 수 있었다. 이보다 감사한 일은 없다. 어떤 사물이든 현재의 완성된 모습이 아닌 처음 시작된 모습부터 생각할 줄 알게 되었기 때문이다.

현대의 젊은이들이 의존심이 강하고 제멋대로라면, 그 이유는 모든 사물의 구조를 발생부터 끝까지 지켜보는 경험을 가져보지 못했고 지켜볼 장소도 없기 때문이다.

노인 세대가 점점 더 이기주의적으로 변모하는 것도 같은 이유에서다. 누구나 높은 연금과 극진한 노후 간병을 원한다. 국가 예산과 일손은 한계가 있

는 법이다. 나이 든 사람이 늘어날수록 국가 재정은
적자가 누적된다. 고령 사회의 노동력 부족은 당연
한 결과다. 그런 상태에서 노후의 극진한 간호를 바
라는 건 무리다. 모든 것은 전체를 '통'으로 볼 수
있어야 한다.

누구나 죽음으로써 다음 세대에 도움이 된다

자연의 가르침은 인간에게도 똑같이 통한다. 사
람이 태어나 자라고, 힘이 넘치는 청년기를 지나 조
금씩 쇠약해지고, 마침내 시들어버린다(죽는다)는
일련의 과정은 모든 생물의 자연스러운 모습이다.
그 이외의 길을 따라가는 것은 없다. 그와 같은 운
명이 나를 찾아오더라도 한탄할 이유는 어디에도
없는 것이다.

한탄하기는커녕 나는 마른 잎을 제거하고 묵은
뿌리를 캐냄으로써 꽃과 나무가 더욱 왕성한 생명
력을 누리게 된다는 것을 알고 있다. 어린 가지와
이파리도 너무 밀집해 있을 때는 성장이 더딘 것들
을 적당히 제거해줘야 한다. 그래야만 나무도 꽃도
열매도 풍요롭게 생육하고 번식한다.

우리는 예사롭게 송이가 큰 꽃을 고르고, 열매가 큰 과일을 좋아한다. 우리 집 정원의 키위프루트는 가지 하나에 열매 두 개가 적당하다. 그 이상은 솎아내는 것이 좋다. 그런데 남편도 나도 솎아내기 같은 작업에 진지한 편이 못 돼서, 열매 중에는 골프공 크기의 작은 녀석도 적지 않다. 내가 키운 작물이 '소노 농장'이라는 브랜드를 내세워봤자 비싸게 팔리지 않는 이유다. 같은 이유에서 우리네 삶도 정리하지 않고는 제대로 끝나지 않는다.

인생은 시작부터 끝까지 각 단계를 통과해야 한다. 거기에 그때그때 의례적인 것이 더해진다. 후진국일수록 이런 경향이 강해서 부락마다 갖가지 통과 의례가 행해진다. 그 방면의 책에서 읽은 단편적인 지식에 의하면 마을 청년들이 한 집에서 공동생활을 하거나, 높은 벼랑이나 나무에서 새끼줄 하나에 의지해 뛰어내린다. 할례 같은 외과적 처치를 받기도 한다. 어느 것이든 당사자에게는 가혹한 시련이다.

선진국에도 이와 비슷한 일은 있다. 입시를 위한 수험, 경제적 독립이라는 부담감, 출산, 노부모 봉양

등이다. 이 같은 요소가 없는 인생은 지구상에 없다. 죽음은 그 최후의 하나라고 생각하면, 그것을 피하려는 듯한 발버둥질은 하지 않게 될 것이다.

오히려 죽음은 통과 의례에 참여하는 것이다. 죽는 것은 누구나 할 수 있고, 누구나 죽음으로 다음 세대의 성장에 기여할 수 있다. 현재 일본은 세계 최고의 장수 국가다. 이것을 기뻐해도 좋지만, 70억 가까운 지구상의 인간 모두가 일제히 100세에 육박하는 장수를 누리게 된다면 세상은 어떻게 될까. 거기에 어떤 형태의 새로운 지옥이 기다리고 있을지는 상상할 수 없다.

James L. Bernat, Charles M. Culuer, Bernard Gert 등이 공동으로 집필한 《죽음에 대한 정의와 기준》(1981)이라는 논문에 "만일 우리가 죽음을 인생의 한 과정으로 본다면, 그 과정은 사람이 아직 살아 있을 때 시작되거나 혹은 사람이 이미 살아 있지 않을 때 시작되거나 둘 중 하나다. 전자의 경우 죽어가는 사람은 아직 죽지 않았으므로 '죽음의 과정'은 죽음으로의 과정과 혼동되고, 후자의 경우 죽음은 붕괴의 과정과 혼동된다."라는 문장이 있다. 학자들은 무엇이든 어렵게 말하지만, 생각해보면 정확한 논리임을 알게 된다.

위의 문장을 흥미롭게 읽은 까닭은 전자든 후자든 죽음을 둘러싼 상황은 정지가 아니라 경과라고 정의했기 때문이다. 정지가 아니라 여전히 계속되고 있는 동적인 변화라는 것이다.

"만물은 끊임없이 변화한다."라고 말한 사람은 헤라클레이토스라고 한다. 인간도 당연히 그 흐름에 포함된다. 따지고 보면 이건 공평한 운명이다. 누구는 특별 취급을 받는 것도 아니고, 누구는 자신의 운명에서 낙오되는 것도 아니다.

늘 봐왔던 풍경이 언제나 그 모습인 것은 아니다. 자연도 끊임없이 변화한다는 증거다. '사흘 못 본 동안의 벚꽃' 만이 아니다. 새싹도, 줄기도, 잎도, 꽃도, 열매도 시간과 함께 확실히 변해간다. 인간이라고 다를 리 없다.

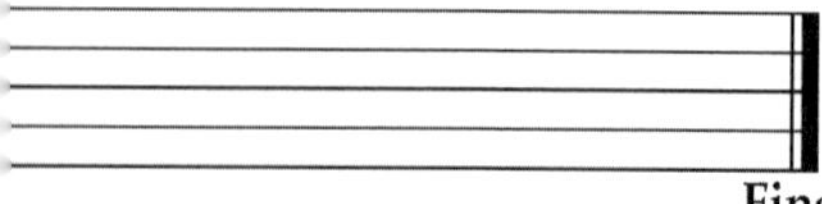

Fine

인간만이 선택할 수 있는 죽음의 방식

에볼라 출혈열의 땅으로

2009년 3월 말에 아프리카의 콩고민주공화국을 세 번째로 방문하게 되었다. 아마도 적지 않은 사람들이 콩고라는 나라에 대해 모를 것이다. 어찌 보면 당연하다. 이 나라에는 상사(商社) 주재원도 없다. 콩고민주공화국은 아프리카 대륙 중앙부 적도에 걸쳐 있다. 일본에서 가려면 싱가포르를 경유해 남아프리카공화국의 요하네스버그까지 약 18시간, 거기서 다시 4시간가량 더 비행기를 타고 북상한다. 환승 대기 시간까지 포함해서 가는 데만 약 하루 반이 걸린다.

1960년에 독립했고, 백과사전이 설명하는 바에 따르면 동, 코발트, 공업용 다이아몬드, 아연, 주석, 은, 카드뮴, 망간, 금, 목재, 면화, 고무, 커피 같은 자원에, 최근에는 석유까지 발견되었다고 한다. 즉, 일본인이 보기에는 눈이 휘둥그레질 만큼 풍부한 지하자원과 산물을 가지고 있음에도 콩고는 세계에서 가장 가난한 나라 중 하나이다.

이 나라는 이런 자원을 쓸 권리와 실익을 누군가에게 팔아넘기고 있다고 할 수 있다. 돈은 위정자의 이권과 외국 자본에 장악되어 가난한 국민의 머리 위를 스쳐 지나갈 뿐이다. 요즘은 자원을 노린 중국의 진출이 활발하다.

2009년 현재 국민 1인당 수입은 연간 160달러. "공무원 월급이 작년 11월부터 중단된 상태다."라는 뉴스도 얼마 전에 들었다.

내가 한때 일했던 재단에서 아프리카의 빈곤 실태를 파악하기 위한 조사단을 편성했는데, 나는 자비를 들여 이 조사단에 참가했다. 조사단의 정식 명칭은 지금도 정해지지 않았을 것이다. 그러나 그 목적은 명확하다. 아프리카의 오지까지 들어가 철저하게 조사해서 그들이 겪고 있는 빈곤의 실정을 세상에 알리자는 것이다. 참가자는 중앙 관청의 젊은 공무원과 재단 직원이 중심이다. 그들은 토목이나 교육, 개발도상국 원조의 전문가들이다. 의사들은 열대병의 현장을 알기 위해 매번 참가한다. 저널리스트가 참가할 때도 많고, 나처럼 그 외의 목적으로 참가하는 사람도 있다. 수도에서 수백 킬로미터 떨어진 아프리카 오지는 치안을 기대하기 어렵다. 장소에 따라서는 무장한 현지의 보안 경찰 또는 군의 호위병을 고용하는 것도 상식이다. 말라리아의 위험은 항상 있고, 길도 일본에서는 경험하기 힘든 험준한 길이어서 개인 여행은 어렵기 때문에, 이런 합동 조사가 편리하다.

언어도 프랑스어만 준비해서는 안 된다. 콩고어, 칠루바어, 링갈라어, 스와힐리어밖에 할 줄 모르는 현지인도 많기 때문에 일본에서 생각하는 외국어 통역을 동행해도 도움이 되지 않는다.

내가 조사단의 일원으로 콩고민주공화국에 가려고 했던 첫 번째 이유는 내가 일하는 해외일본인선교자활동원조후원회(JOMAS)라는 NGO에서 지금까지 콩고민주공화국과 콩고공화국(이 두 나라는 콩고강을 사이에 두고 인접한 다른 나라다. 콩고민주공화국은 벨기에, 콩고공화국은 프랑스로부터 각기 독립했다.)에 교육, 의료, 복지를 목적으로 약 1억 4010만 엔을 지원해왔는데, 이 돈이 제대로 사용되고 있는지를 현지에 가서 확인하는 것도 우리 NGO의 규정으로 되어 있기 때문이었다. 그래서 콩고를 여러 번 방문했던 것이다.

그와 동시에 이번에는 궁벽한 지방의 도시 키크위트(Kikwit)에도 가기로 한 것은, 1995년에 그곳에서 폭발적으로 확산된 에볼라 출혈열이라는 바이러스성 감염증의 실태를 알고 싶어서였다. 이 병은 77퍼센트라는 높은 사망률을 보이다가 뚜렷한 이유 없이 종식된 점이 꺼림칙했다.

최근 몇 년 동안 내 머릿속에서 에볼라 출혈열은 적지 않은 부분을 차지하고 있었다. 문학적인 혹은 철학적인 주제를 들이대는 것처럼 느껴지기도 했다.

돌발적인 지진이나 쓰나미와 같은 이변이라면 인간은 그것을 피할 수 없다. 그러나 단기간일지라도

괴질로 차례로 사람들이 죽어가는 상황이 발생하면
그 현장에서 도망치는 것도 어느 정도 가능하다.
1995년에도 감염이 두려워 환자와 병원, 또는 환자
가족과의 접촉을 피한 사람들은 있었다. 나는 그 현
장도 보고 싶었고, 그 병에 감염되었지만 살아난 사
람들, 또 환자를 간호하고도 감염되지 않은 사람들
을 만나고 싶었다. 이처럼 귀중한 기회를 얻게 되기
까지 콩고민주공화국에서 봉사 활동을 펼치고 있는
나카무라 히로코와 다카기 히로코, 두 수녀님의 도
움이 컸다. 두 분이 이탈리아 수도회에 연락을 취하
고 준비해준 덕분에 가능했다. 이 분들이 미리 준비
해주셨기에 이번 조사단에는 평소보다 많은 세 명
의 의사가 참가했다.

　나는 사는 동안 일어나는 모든 사건에 대해 '나라
면 어떻게 했을까' 라는 질문을 해보지 않은 적이 없
다. 만약 내가 외국에서 수녀로 일생을 헌신하게 되
었다면 어땠을까? 더구나 지극히 원시적인 설비밖
에 없는 의료 시설에서 일하고 있다면, 이 극적이라
고 할 수 있는 전염병이 발생했을 때도 나는 보호복
은커녕 감염을 막기 위한 장갑과 마스크도 쓰지 않

은 채 출혈성 감염 증세를 보이고 있는 피투성이 환
자를 접해야 하는 것이다. 그 위험을 받아들이느냐
마느냐 하는 것은, 나에게 크나큰 시험이 될 것이
다.

미국 애틀랜타에는 이러한 감염률이 높은 위험한
전염병에 대한 연구를 전문으로 하는 CDC(질병통
제예방센터)라는 세계적인 연구 기관이 있다. 그곳
에서는 공기가 외부로 새지 않도록 음압(陰壓) 장치
가 완비된 연구동, 흔히 우주복이라고 불리는 특수
필터가 장착된 마스크, 장갑, 고글, 신발 커버 등의
착용도 의무화되어 있다고 한다. 하지만 1995년 수
도 킨샤사에서 500킬로미터나 떨어진 키크위트에
서 에볼라 출혈열이 폭발적으로 만연했을 때, 간호
하는 사람들은 환자들이 내쏟는 토사물과 혈변, 정
맥 주사를 놓은 자리에서 뿜어져 나오는 혈액 등을
방어하기 위한 장갑조차 없었다.

그곳이 아프리카였다. 내가 《시간이 멈춘 갓난아
기(時の止まった赤ん坊)》라는 소설 취재를 위해 마
다가스카르에 갔을 때가 1983년인데, 당시에도 가
톨릭에서 운영하는 산원에서 일하는 조산사 수녀의

장갑에는 구멍이 뚫려 있었다. 오물을 담는 기구의 세척을 거들던 내가 낄 장갑은 당연히 없었다. 수녀들은 혈액에 접촉하지 말라고 몇 번이나 주의를 주었다. 나도 최대한 조심했다. 하지만 어디선가 묻었을 것이다. 그래도 간염이나 에이즈에 걸리지 않았다. 그런 무지한 건강함으로 지탱되어온 것이 아프리카의 생명력이었다고도 생각한다. 물론 나와 같은 경험을 권하고 싶지는 않다.

사명을 완수한 수녀 간호사들의 죽음

우리는 키크위트에서 활동 중인 '가난한 자들을 위한 베르가모 자매 수도회' 라는 곳에 짐을 풀었다. 북이탈리아에서 창설된 수도회였다. 바로 이 수도회에서 간호사로 활동했던 수녀 10명이 에볼라에 감염되어 쓰러졌다.

나는 개도국을 방문할 때는 항상 지역의 수도원에서 신세를 졌다. 이런 나라의 시골 마을에 멀쩡한 호텔이 있을 리 없다. 아프리카 시골의 싸구려 여인숙은 방마다 진드기와 바퀴벌레가 우글우글하고, 화장실은 오물이 그대로 고여 있고, 어쩌면 물도 나

오지 않을지 모른다. 그 정도라면 수도원에서 머무
는 편이 검소하지만 청결하고 병에도 걸리지 않아
좋다고 이기적으로 생각했던 것이다. 게다가 숙박
료도 싸다. 세끼 식사에 1박이 고작 15달러에서 20
달러였다.

에볼라 출혈열이 유행했던 1995년에 감염으로 사
망한 수녀 중 세 명은 얀부크에서, 한 명은 야로센바
에서, 나머지 여섯 명은 키크위트에서 세상을 떠났
다. 키크위트에서 사망한 수녀 중 첫 번째 희생자는
플로라르바 수녀로 1995년 4월 25일 세상을 떠났
다. 그로부터 불과 한 달여 사이에 클라라 안젤라
수녀가 5월 6일, 다니엘라제라 수녀가 5월 11일, 디
나로사 수녀가 5월 14일, 아넬필라 수녀가 5월 23
일, 비타로사 수녀가 5월 28일에 연달아 세상을 떠
났다.

이 수도회는 그 이름처럼 베풂을 받지 못한 사람
들을 위해 일하는 수도회였다. 이탈리아에서 창설
되었지만, 현지에서 봉사한 수녀들 대부분은 콩고
와 주변 아프리카 국가 출신이었다. 그리고 그들 중
상당수가 간호사였던 것 같다.

내가 수녀가 아니었더라도, 예를 들어 의사나 간호사였는데, 키크위트에 발생한 '괴질'이 매우 위험한 것 같다는 것을 알게 된 후에 그곳에 와달라는 요청을 받는다면 어떤 선택을 하게 될 것인가.

아마 그녀들은 망설이지 않았을 것이다. "친구를 위하여 목숨을 내놓는 것보다 더 큰 사랑은 없다."(요한복음 15:13)라고 성서에 써 있기 때문이다. 남을 위해 목숨을 버리는 행위를 일본인들은 도무지 이해하기 어려울 것이다. 과거 태평양 전쟁에서 군부에 이용당해 전쟁터로 내몰린 특공대 젊은이들과 같은 결과를 초래할 뿐이라고만 생각하기 때문이다. 그러나 가톨릭 세계에서는 자기 목숨을 바쳐 누군가를 살리려고 애쓰는 것을 개죽음이라든가 어리석은 죽음이라고 생각하지 않는다.

가톨릭 수도회에서는 간혹 명령으로 부임지를 결정해줄 때가 있다. 아프리카 콩고에서 사역하십시오, 라는 수도원장의 한마디에 무조건 순종하는 것이다. 이 같은 수도회의 독특한 관습은 지금도 변함이 없다. 요즘은 개인 희망과 형편을 좀 더 고려하는 쪽으로 변하긴 했어도 무서운 곳에는 가기 싫습니다, 생활이 불편한 곳은 싫습니다, 라는 사람은 수도회를 떠나는 방법밖에 없다. 수도회는 도중에 수도 생활을 포기하는 것을 절대로 막지 않는다.

수도 생활은 개인의 의지에 의한 선택의 결과다. 에볼라 환자를 계속 돌보는 것도 개인의 자유로운 의지가 선택한 결과였다. 위험하다는 것을 알았지만 임무를 포기하지 않았고, 그 때문에 귀한 생명을 잃게 되는 상황이 우리 모두에게 주어지는 기회는 아니다. 그것은 동물이 아닌 인간만이 보여줄 수 있는 하나의 용기로, 그 사람에게 지극히 인간다운, 인간밖에 선택할 수 없는 죽음의 방식을 부여함으로써 그 사람의 삶을 완성시켰다고 생각한다. 그 모습을 확인하기 위해 나는 콩고의 자연 속으로 들어갔다.

Fine

임종의 시간

늘그막의 대담

2009년 4월 14일 제2차 세계 대전 후 일본의 역사를 조명해온 논픽션 작가 가미사카 후유코(上坂冬子) 씨가 세상을 떠났다.

2006년 난소암이 발견되어 무사히 수술을 마친 후 여러 차례 힘겨운 항암 치료를 받았다. 그러는 동안 자주 전화로 치료 경과를 물었는데, 그녀의 말투는 시원시원하고 조금도 병에 걸려 있는 것 같지 않았다.

비슷한 시기에 나는 나대로 왼쪽 발목이 부러졌다. 소위 말하는 '후기 고령자'에 포함되기 직전이었는데 벌써부터 건강 보험을 이렇게 많이 써도 되는 걸까, 하고 마음이 불편했었다. 내 발목은 선천적으로 문제가 있는 구조였는지 10년 전에는 오른쪽 발목이 부러졌었다. 양쪽 발목의 같은 곳을 부러뜨리고 나니 선천적 문제였다는 게 입증되어 좀 안심이 되었다.

나중에 서로 이야기해서 알게 된 것인데, 우리 둘은 입원한 동안에도 일을 거의 쉬지 않았다. 가미사카 씨는 신사에 관한 책 한 권을 머릿속에 있는 자료만으로 써냈다. 나는 기억력이 나쁜 편이라 도저히 그럴 수 없다. 나는 입원해 있는 동안 구식 워드프로세서를 병실로 가져와 글을 꽤 쓰기도 했고, 평소에는 절대로 펼쳐볼 마음이 들지 않는 영어 원서를 읽곤 했다. 즉, 두 사람 모두 70대 후반을 눈앞에 두고 있었지만, 입원 중에도 끈질기게 일상성을 결코 중단하지 않았던 것이다.

가미사카 씨가 재발한 암을 얼마나 심각하게 받아들였는지는 모르겠다. 가족이 아닌 친구의 입장에서 그런 문제를 가볍게 다뤄서는 안 된다고 생각한다. 다만 그녀가 세상을 떠나기 약 7개월 전에 우

리는 어느 출판사의 기획으로 이틀에 걸쳐 대담을
했다. 제목도 그녀가 《늘그막의 대담(老い樂對談)》
으로 정하고, 내용도 편집자가 나설 일이 없을 정도
로 몇 개의 항목을 제시했다. 나는 게을러서 아무
도움도 되지 못했다. 우리의 대담에서 그녀가 했던
말은 책으로 공개되었으니, 말하자면 그녀가 승인
한 내용이기 때문에 마음 편히 인용해볼까 한다.

우리는 30년 된 친구지만 이처럼 긴 시간 동안 인
생의 다양한 문제에 대해 의견을 나눈 적은 없었다.
평소에 자주 만나거나 길게 전화를 하는 일도 없었
고, 만나면 서로 험담을 하는 사이이긴 했다. '험담
은 본인 앞에서, 칭찬은 그 사람 없는 곳에서' 한다
고 최소한 나는 분명히 결정했기 때문이다.

대담 장소는 도쿄 지유가오카(自由が丘)에 있는
그녀의 집으로, 역 바로 근처 조그만 빌딩의 꼭대기
층이었다.

그때 가미사카 씨는 암이 재발했음을 알고 있었
다. 하지만 그동안 해왔던 작업 템포를 바꿀 생각은
전혀 없었다. 제2차 세계 대전에서 전사한 일본군의
유골 발굴 사업이 잘 진척되고 있지 않음에 아쉬워

했던 그녀는 조만간 유골 발굴단이 과달카날섬에 갈 거라는 소식을 듣고 바로 동행을 신청했다고 했다. 그 말을 듣고 나는 평소처럼 트집부터 잡았다.

"걷는 걸 싫어하는 사람이 유골 발굴 같은 데 갈 수 있나요!"

"그게 왜?"

"아직도 찾지 못한 유골이라면 아무도 발을 들여놓지 않은 깊은 밀림에 있는 거라고요. 그런 데까지 당신이 걸어가겠다고요?"

우리 집 현관 앞에 일곱 단 정도의 계단이 있다. 그녀는 우리 집에서 검소한 밥을 함께 먹는 것을 좋아했지만, 이 계단은 싫어했다.

"뭐예요. 겨우 일곱 단이잖아요."

나는 사정을 봐주지 않았다.

나의 트집에도 그녀는 과달카날섬에 갔고, 돌아오자마자 남동생과 여동생을 데리고 이번에는 파리로 갔다.

외국 여행에 관해서도 그녀와 나는 취향이 달랐다. 나는 간다면 유럽이나 아프리카다. 하지만 그녀는 미국을 좋아했다. 뉴욕에 들를 때마다 월도프 아스토리아 호텔에 숙박했다. 남동생과 여동생을 데리고 프랑스에 간다는 말을 듣고 그녀에게 말했다.

"비행기 티켓은 퍼스트클래스로 끊어요. 그래야 동생들이 우리 언니 최고라고 하지요."

"그런 짓을 하다니!"

말은 그렇게 했어도 가미사카 남매들은 부러울 정도로 우애가 돈독했다. 이 마지막 여행에서 가미사카 씨의 몸 상태는 이미 괜찮다고 할 수 없었던 것 같다. 그러나 한번 정한 인생 계획은 무슨 일이 있어도 변경하지 않는 성격의 그녀는 여행을 강행했고, 결국 귀국하자마자 구급차를 타고 나리타 공항 근처 병원에 입원했다고 들었다. 동행했던 동생들도 고통스러웠을 것이다. 그래도 이 여행은 가미사카 씨의 희망이었기에 그것을 이루어주는 것이 오히려 동생들의 의무였다. 어쨌든 두 동생을 기쁘게 해주기 위해 계획한 여행임을 알고 있었기 때문이다.

당시의 대담은 (나도 한몫하고 있긴 하지만) 지금도 읽을 만한 것 같다. 그때 우리 둘은 죽음을 의식할 수밖에 없는 나이에 이르렀고, 그 나이가 되었기 때문에 어떤 해방된 상태에 있다는 것을 잘 알 수 있다. 이제 와서 기를 쓰고 사람들에게 잘 보이려는 태도는 전혀 없다. 그렇다고 "죽으면 끝이야."라는 것도 아니다. 죽음만이 인간성의 추구에 이만큼 위력을 발휘하는가, 라고 생각하면 신기하기도 하다.

즉, 인생에서 죽음만이 거짓을 허용하지 않는다. 건강하게 살아 있는 동안 우리에게는 매순간 자기와 타인을 속이려는 의식이 있다. 겉모습이나 하는 말에도 사람들이 잘 봐줬으면 하는 심리적인 조작이 작용한다. 요즘에는 입사 시험에서 자기 재능을 스스로 어필할 수 있는 기회를 주는데, 자기표현을 개인의 능력으로 여기는 풍조가 한몫한다고 할 수 있다. 사실 대부분의 경우 인간은 자신이 말하는 것만큼 유능하지는 못하지만 말이다.

사람과의 교제에서도, 경제 활동에서도, 법정에서도, 세무서에서도, 우리는 대개 자동적으로 자신에게 유리하게 상황이 전개되도록 끊임없이 고민한다. 하지만 죽음 앞에서는 그런 일체의 속임수와 배려가 불필요해지고 무관해진다. 우리는 그것을 몸으로 느낀다. 실체(實體)는 실태(實態)다. 그 이상도 그 이하도 아니다. 하지만 살아 있는 이 세상에서는 모든 것이 가능하다. 무슨 일이 일어나도 조금도 이상하지 않다.

《늘그막의 대담》에서 새삼스레 가미사카 씨와 이야기를 나누면서 편했던 것은 그 점이었다. 두 사람이 진실을, 진정한 무엇인가를 이야기했기 때문이다. 나를 드러내고 살아야 하며, 그로 인해 우리는 약해지지만, 그것은 세상 어느 곳에서나 일어나고 있는 일이다. 누구나가 어딘가에서 고민하고 있는 일이니 별로 꾸밀 필요도 없다. 그런 우리를 세상은 솔직하다, 가식이 없다고 한다.

매사 가볍게, 나의 죽음도 가볍게

대담을 하면서 가미사카 씨와 내 의견이 약간 엇갈린 게 딱 한 가지 있다. 가미사카 씨가 자기에겐 마지막으로 해야 할 큰일이 있다, 그것은 죽는 일이다, 라는 명언을 내뱉었다. 이에 나는 "죽는 것을 큰일로 여겨서는 안 된다고 생각해요. 죽는다는 것은 자기 마음대로 안 되는 행위니까요."라고 말했다. 그 말을 듣고 가미사카 씨는 "그래도 나로서는 큰일 아니겠어요.”라고 대답했다.

가미사카 씨의 관점에서는 그녀의 말이 맞다. 누구나 임종에 대해 가장 걱정되는 것은 그 마지막 시간을 잘 넘길 수 있느냐다. 고통은 자신에게 중대한 일이다. 나도 그것은 알고 있지만, 옛날부터 내 몸에 일어나는 모든 일들은 죽음을 포함해서 ‘남들도 똑같이 겪는’ 고생으로 결코 중대사라고 생각해서는 안 된다, 라고 나 자신에게 타이르고 있었다.

젊은 시절 마르크스 아우렐리우스를 처음 읽은 다음부터 그랬다. 아우렐리우스는 기원 2세기 로마의 철인(哲人) 황제로 일컬어지는 사람인데, 내가 어렸을 때부터 느꼈던 것들을 하나도 빠짐없이 모두 써놓았던 것이다.

“길지 않은 이 시간을 자연의 섭리대로 살아라. 올리브의 열매가 익으면 열매를 맺게 해준 대지를 찬양하고 열매를 낳아준 줄기에 감사하며 대지에 떨어지듯, 마음 편히 그때를 마무리하는 것이다.”

“존재하고 있는 것, 지금 일어나고 있는 일, 모두 빠르게 지나가 사라져버린다. 그러므로 흐르는 세월 앞에서 때때로 깊이 생각해야 한다. 쉼 없이 흐르는 강물처럼 모든 활동은 영속적인 변화를 겪고, (중략) 그렇게 사물은 소멸해간다.”

“너에게는 물질의 전체 중 극히 작은 부분만이 주어졌다. 또 너에게는 영원에 비하면 눈 깜짝할 사이의 짧은 시간밖에 정해져 있지 않다. 더욱이 이 위대한 세계의 운명 속에서 너는 도대체 어느 정도의 부분을 차지하고 있단 말이냐. …참으로 사소하지 않은가.──그 위대한 세계의 운명을 마음속에 되새기고 생각해보는 것이다.”

그리고 아리스토텔레스의 《에우데모스 윤리학》 중 한 구절도 끈질기게 내 마음을 사로잡고 놓지 않았다. 특히 다음 구절은 결정적이었다.

“사물을 가볍게 볼 수 있다는 점이 고매한 사람의 특징인 것 같다.”

내 자신이 고매한 인물이라고 말하는 것은 결코 아니다. 여태껏 살면서 단 한 번도 ‘고매함’이라는 분류에 나를 넣고 싶어 한 적은 없다. 나는 항상 남들과 같았다. 이런 말을 하는 것도 뻔뻔스러운 일일지 모르지만, 나는 그렇게 생각하기로 했다. 게다가 내 안에는 약간이나마 신앙이 있었기 때문에 ‘남보다 뛰어나다고 자만하면 신의 도움을 받을 수 없다.'라고 생각하고 있었다. 왜냐하면 하느님은 의인을 위해서가 아니라 죄인을 구하기 위해 세상에 오셨다고 말씀하셨기 때문이다.

　내가 좋아하는 것은 '위대한 범용(凡庸)'이라는 관념이었다. 그것이야말로 신의 시선 속에 머물 수 있는 자격이다. 아리스토텔레스의 말은 그 '위대한 범용'에 해당했다. 자신의 죽음조차도 가볍게 여길 수 있는 인간이 되고 싶었다. 그렇게 되기를 동경했다. 전후에는 인간의 생사를 '가볍게 보는' 것은 배반이자 비인도적인 죄악으로 치부되었다. 그러나 나는 타인의 죽음은 무겁게, 나의 죽음은 가볍게 생각하고 싶다고, 전쟁 후였던 젊은 날부터 바라고 있었다.

Fine

밀 한 알의 생명력

자기 목숨을 사랑하는 사람들뿐인 세상

"밀알 하나가 땅에 떨어져 죽지 않으면 한 알 그대로 남고, 죽으면 많은 열매를 맺는다. 자기 목숨을 사랑하는 사람은 목숨을 잃을 것이고, 이 세상에서 자기 목숨을 미워하는 사람은 영원한 생명에 이르도록 목숨을 간직할 것이다."

《요한복음》 12장 24~25절로 성서에 기록된 유명한 구절이다. 먼저, 이 강렬한 유대적 표현에 대해 해설해두어야 할 것 같다. '자기 목숨을 미워한다'는 것은 낯선 표현이다. 그것은 정말로 목숨 따위는 필요 없다, 목숨 따위는 싫다, 라는 것은 아니다.

‘어느 것을 우선할 것인가’를 결정해야 할 때 유대인이 흔히 사용하는 표현법이라고 한다. 즉, 자기 삶을 우선하는 사람과 그렇지 않은 사람, 이 양쪽을 비교하는 것이다.

성서는 우리가 평소에 깨닫지 못하는 현실을 일깨워주곤 한다. 밀 한 알은, 그것이 그대로 있는 한 싹을 틔울 수 없고, 따라서 새로운 열매를 맺을 수도 없다. 일종의 불모 상태로 보인다. 밀이 뿌려지고 싹을 틔울 때면 밀은 마치 무덤에 매장되듯 차가운 흙 속에 묻혀서, 썩어 그 원형을 잃게 되어야 한다. 거기서 비로소 새로운 생명의 싹을 틔운다. 그래서 밀 한 알의 죽음 그 자체가 ‘많은 열매를 맺는’ 전제가 되는 것이다.

현대인은 자신을 소중히 여기는 것이야말로 인권이라고 생각한다. 내가 젊었을 때는 “나를 칭찬해주고 싶다.”라는 말을 다른 사람들 앞에서 공공연하게 하는 사람은 없었다. ‘스스로도 잘했다’는 생각은 시대를 막론하고 사람이라면 누구나 해봤을 것이다. 그러나 그런 말을 자기가 하는 것은 신중하지 못한 행동이다. 타인은 내 내면의 노력과 고통을 알리 없다는 현명함도 있었기 때문에 고생 끝에 성공했어도 마음속 깊이 지그시 담아두고 표현하지는 않았던 것이다.

현대는 자신을 가장 소중히 여기는 것을 당연하게 생각하는 시대이다. 그래서 세상은 '자기 목숨을 사랑하는 사람' 만 가득하게 되었다. 목숨보다 조금 더 가벼운, 예를 들어 남을 위해 돈을 내는 것도, 친절을 다하는 것도 하려는 사람들이 많지 않다. 힘들게 살아가는 사람이 있으면, "내가 돈을 내고 도와줄 일이 아니다. 국가가 도와주면 되는 일 아니냐?"라고 한다. 아무것도 내놓고 싶지 않고, 쓰고 싶지 않은 것이다. 그런 이기주의자들이야말로 오히려 '목숨을 잃는' 사람이라고 성서는 역설적 진실을 가르쳐준다.

인생을 충족시키는 '다채로움' 의 조건

죽음이 누구에게나 100퍼센트 틀림없는 기정사실이라면, 누구에게나 '죽고 싶지 않다.' '더 오래 살고 싶다.' '내 인생은 도대체 무엇이었을까. 무슨 의미가 있었을까.' 라는 의문이 들 법도 하다.

개인적으로는 인생이 충족되려면 '다채로웠다'
는 실감이 필요하다고 생각한다. 다채롭다고 하면,
가난하게 태어났지만 재능을 발견해 명성을 얻은
아름다운 여배우가 많은 사람의 동경의 대상이 되
어 돈을 벌어서 대저택을 짓고 열정적인 사랑을 하
며 자유로운 생활을 하는, 그런 것을 상상하는 사람
도 있을 것이다. 하지만 인생의 진정한 다채로움이
란 주변 사람들에게 베풀고, 자신도 세상으로부터
많은 것을 받았다는 실감이다.

사람들이 세상으로부터 받기를 기대하는 대표적
인 것이 돈일지도 모른다. 그러나 진정 인간을 인간
답게 살도록 만들어주는 것은 인간의 마음이며, 인
간과의 관계다. 많은 사람들과 서로 마음을 주고받
는 삶이야말로 다채로운 인생이라고 생각한다.

그런데 우리가 누릴 수 있는 다채로운 인생은 외
부에 잘 알려지지 않는다. 여배우라면 매스컴이 사
생활의 작은 부분까지 알려주지만, 우리 같은 평범
한 시민의 일상은 조용하고 단순해서 각 사람들이
이룩한 다채로움의 가치가 주변에 알려지는 경우는
거의 없다.

그러나 다른 사람이 모르면 어떤가, 라는 것이 성서가 말하고자 하는 뜻이다. 밀 한 알은 싹을 틔우고 죽는다. 하지만 밀 한 알이 틔운 생명은 다음 세대의 식물이 되어 계속 살아간다. 그것은 아이러니하게도 밀 한 알이 만약 죽지 않았다면 생명은 연속되지 못했을 것이라는 선택의 결과이다.

성서학으로 유명한 윌리엄 바클레이(William Barclay, 1907~1978)는 성서의 이 부분을 '우울증 환자'를 예로 들어 설명했다.

"만일 우리가 쉬운 길을 택하고, 모든 긴장을 피해 난롯가에 앉아 몸을 감싼 우울증 환자처럼 자신의 건강을 챙기기 위해 자신을 돌보기만 한다면, 분명 우리는 보다 오랫동안 생존할 것이다. 하지만 그것은 결코 사는 것이 아니다."

우울증 환자든 조울병 환자든, 어쨌든 정신이 아픈 사람들의 공통된 특징이 한 가지 있다. 어엿한 성인이라고는 생각할 수 없을 만큼 이기적으로 되는 증상이다. 그들은 타인을 배려하지 않는다. 자신의 고통, 염려, 흥미에 사로잡혀 우리가 주변에 있는 많은 타인 덕분에 살고 있다는 생각을 전혀 할 수 없다. 이 같은 이기주의는 곧 유아성으로, 이러한 우울중 환자는 영원히 성인이 되지 못한 사람들을 말하는 것일지도 모른다.

"내 목숨 따위는 중요하지 않다."라고 말하려는 건 아니다. 하지만 한 알의 씨앗인 채로 언제까지나 사는 것은 오히려 슬픈 일이다.

지인들 중에 신부님과 수녀님이 많다. 그분들 모두는 각자의 이유로 수도원에 들어가 결혼도 하지 않았고, 따라서 자녀도 없다. 어떤 분은 평생 세계의 가장 가난한 나라 시골에서 살며 그곳 아이들에게 글자를 가르치고, 허름한 진료소에서 말라리아 환자에게 약을 주고, 아기가 태어나는 것을 돕고 있다.

전기가 들어오지 않은 지역에서는 석유램프를 사용하는데, 그런 곳에서 활동하는 수녀님들은 나이가 들수록 노안 때문에 글자가 잘 안 보인다고 투덜댄다. 가스는 물론 수도도 없다. 탱크에서 퍼 올린 물을 선반 위의 드럼통에 채우고 몸을 씻는데, 드럼통 바닥에 송곳으로 구멍을 뚫어 샤워기처럼 사용한다. 아프리카에서도 찬물로 몸을 씻는 것은 춥고

괴롭다. 우리가 당연하다는 듯 욕조의 온수에 몸을 담그고 '아, 행복하다' 라고 실감하는 날이 이분들에게는 하루도 없다.

그래도 이분들은 어쩌다 한 번씩 고국에서의 휴가를 마치면 서둘러 '지구의 벽지' 라고 할 임지로 돌아간다. 왜 저러고 사는 거냐고 묻는 사람도 있는데, 그것은 한 알의 씨앗 그대로 살기보다는 죽더라도 누군가에게 무언가를 남겨줌으로써 자신의 존재가 계속되기를 소망하기 때문이다.

한 알의 씨앗 그대로가 좋은지, 아니면 거기서 새로운 싹을 틔우기 위해 죽는 것을 선택할지, 인간은 살아 있는 동안 결정해야 한다. 죽어 싹을 틔우는 것은 사실 간단하다. 누군가를 위해 일하면 된다.

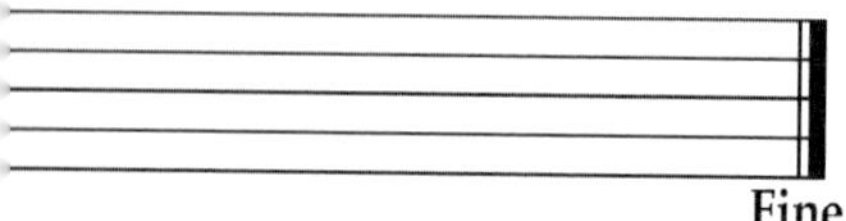
Fine

나와 나무의 관계

싱가포르에 있는 우리 집과의 작별

1990년 말에 우리 부부는 싱가포르에 낡은 맨션을 구입했다. 당시 지은 지 17년이나 된 맨션이었지만, 고풍스러운 덕분에 면적이 넓고 실내 구조가 답답하지 않아 마음에 들었다.

남편도 나도 자신이 번 돈을 좋아하는 일에 쓰기는 했지만, 한때 부동산 투기가 성행하던 시절에도 돈을 벌기 위해 자신에게 필요하지 않은 땅을 사지는 않았다. 돈과 관련해서 우리 부부는 우연히 취향이 상당히 비슷했다. 자기가 좋아하는 일이라면 자신이 번 돈의 범위 안에서 마음대로 썼다. 하지만

우리는 소설을 쓰는 게 직업이었고, 그렇게 번 돈을
투기적으로 사용하고 싶지는 않았다. 그런 짓을 하
면 소설 자체가 엉망이 될 것 같은 느낌이 들었다.

남편도 나도 부모님으로부터 한 푼도 물려받지
않았다. 규모는 다르지만 내가 하토야마(鳩山) 수상
처럼 부모님으로부터 유산을 상속받았다고 생각하
는 사람도 있긴 하다. 얼마 전에도 그런 사람을 만
나 서로 부모와 자신의 관계에 대해 대화할 기회가
있었다. 그 자리에서 나는 "네, 확실히 저는 부모님
으로부터 유산을 상속받았지요. '제로엔' 이었지
만." 하고 말했다. 이 '제로엔' 상속은 법률상의 용
어인 듯, 세무서가 제시한 서류에서 처음 접한 표현
이었다.

내 아버지는 노년에 어머니와 이혼한 후 재혼하
여 젊은 부인과의 사이에 딸 하나를 두었다. 내 아
들보다 훨씬 어린 여동생이다. 아버지의 얼마 안 되
는 유산은 새 부인과 어린 여동생이 상속했다. 이미
경제적으로 기반이 잡힌 내가 딸이라는 권리를 내
세워 아버지의 돈을 물려받을 필요는 전혀 없었다.

남편은 책을 원하는 만큼 사고 싶은 사람이었지

만 다른 데는 정말 돈을 쓰지 않았다. 겉으로 보기엔 옷을 참 잘 입는 사람인데, 그렇다고 옷에 공을 들이는 편도 아니었다. 집에서 직선거리로 약 7킬로미터 떨어진 곳에 시부야(澁谷)라고 하는 부도심이 있다. 걸어가면 10킬로미터는 족히 될 것이다. 남편은 그 10킬로미터를 걸어갈 때가 많았다. 겨우 문고본 두 권을 사러 가면서 190엔이나 전철 요금을 내기가 아깝다는 것이다.

남편에 비하면 나는 낭비하는 편에 속했다. 남들은 이해할 수 없는 일에도 돈을 썼다. 52세에 친구들과 사하라 종단에 나서면서 4륜구동 두 대를 내 돈으로 구입했다. 다른 친구들은 모두 가정 형편상 그런 '쓸데없는 일'에 돈을 쓸 여유가 없었다. 나는 옷을 좋아하는 것도 아니고, 술집을 즐기지도 않는다. 다도에 관심이 있는 것도 아니다. 평생 가장 큰 돈을 쓴 것은 그때였고, 그것은 정말 헛돈을 쓰는 것이라고 그때는 나도 생각했고, 아마 남들도 그렇게 생각했을 것이다. 하지만 나중에 생각해보면 내가 인생의 후반기에 몰두하게 된 일신교(유대교, 그리스도교) 공부, 중근동 아랍적 사고에 대한 호기심,

아프리카와의 깊은 관계 등 많은 길을 열어주었다. 어쩌면 이토록 유효한 '투자'는 내 인생에 없었을 지도 모른다.

또 하나 내가 '하고 싶었던 일'은 남방에 사는 것이었다. 스물셋에 인도, 파키스탄을 여행했는데, 처음 떠난 해외여행이었다. 그 여행 이후 나는 내가 남방에서 건너온 조상의 후손이라고 생각하게 되었다. 더위는 나를 조금도 지치게 만들지 못했다. 남방의 강렬한 맛도 내 입맛에 맞았다. 동남아시아 사람들은 거침없이 내게 중국어로 말을 걸어왔다. 나는 키가 조금 큰 편이고 살갗이 검붉을 뿐이었지만, 몸집이 작고 피부가 흰 일본인과는 확연히 다르게 보였던 모양이다. 그들은 나를 중국 본토, 그것도 남지나 출신으로 생각하는 것 같았다.

싱가포르에 낡은 맨션을 구입하기 위해서는 남편의 동의가 반드시 필요했다. 이번 일에는 사하라 종단보다 더 많은 돈이 필요했기 때문이다. 남편이 맨션 구입에 찬성한 이유는 그가 먹보였기 때문이다. 우리는 일본에서도 중국요리를 자주 먹었는데, 싱가포르에서 먹어본 이후 지금까지 일본에서 먹은 중국요리는 모두 사기라는 것을 알게 되었다. 맛도 없고 가격만 비쌌다. 싱가포르에서 우리 부부는 매일 한 끼는 외식을 즐기기로 했다(식단의 조화를 고려해서 저녁은 간단한 일본식을 집에서 만들어 먹었다). 그런데 5000엔만 있으면 믿을 수 없을 만큼 호화로운 점심 식사가 싱가포르에서는 가능했다. 간단한 메뉴라면 2000엔 이하도 훌륭했다. 요리는 모두 개성이 넘쳤다. 차오저우, 광둥, 베이징, 상하이, 쓰촨 등의 요리는 기본이었고, 남인도와 북인도, 베트남, 말레이시아, 인도네시아, 태국, 아랍권의 특색 있는 요리도 어디서나 즐길 수 있었다.

그러나 우리에게 최고의 즐거움은 따로 있었다. 전화가 걸려오지도 않고, 손님이 찾아오지도 않았다. 텔레비전은 NHK 외에는 BBC와 CNN 같은 영어 방송뿐이어서 60퍼센트밖에 알아듣지 못했다. 내용을 모르니 별로 재미있지도 않았다. 무의식중에 텔레비전을 멀리하고 차분히 독서를 하게 됐다. 즐기도 했다. 도쿄에서 쌓인 피로를 싱가포르에서 풀고 돌아올 수 있었다.

하지만 이 낡은 맨션은 우리에게 집주인으로서의

배려를 요구했다. 전기선 상태가 좋지 않았고, 우리가 비운 동안 아래층으로 물이 새기도 했다. 도쿄에 살고 있는 우리 부부가 관리하기엔 번거로웠다. 그게 점점 더 귀찮아지기 시작했다.

맨션을 구입하고 19년이 흐른 2009년 가을, 마침내 맨션을 팔려면 지금이라고 판단했다. 싱가포르에서는 부동산 매매는 매도인과 매수인이 세운 각각의 변호사끼리 절차를 밟는다. 우리는 의사만 전달하고 변호사가 준비해온 서류에 서명만 하면 되는 건지 궁금했다. 그건 그렇고 외국에 부동산이 남겨지면 나중에 아이들이 어떻게 처리해야 할지 몰라 성가실 것이다.

남편도 내 의견에 찬성했다. 평소에도 "사는 거랑 받는 게 싫어. 파는 거랑 버리는 건 좋아."라고 말하는 남편이었으므로 내 이야기를 듣자마자 "그것도 괜찮겠군. 팔 수 있으면 빨리 팔자."라고 의견을 모았다. 이런 일일수록 운이 있어야 한다고 생각하는데, 우리는 시기적으로 운이 좋았는지 금방 사겠다는 사람이 나섰다.

나무에게만 알려주는 나의 죽음

그래도 19년 동안 살았던 집이다. 가루이자와(輕井澤)에 별장이 있어도 1년에 기껏해야 1주일이나 2주일밖에 사용하지 않는 지인도 있다. 그러나 우리는 1년에 짧게는 한 달, 길게는 두 달 가까이는 꼭 싱가포르에 머물렀다. 내가 아프리카를 마음 편히 왕래할 수 있었던 것도 싱가포르에 집이 있었기 때문이다. 심야에 싱가포르 공항을 출발해서 약 10시간 후에는(기내에서 하룻밤 자고 일어나면) 새벽녘의 요하네스버그에 도착할 수 있었다. 싱가포르의 맨션 덕분에 나의 후반생은 아프리카와 밀접한 관계를 유지하는 데 불편함이 없었다.

사람들은 그런 집을 파는 건 슬플 거라고 했다. 틀림없이 그럴 거라고 생각했다. 싱가포르 집을 추억으로 남기기 위해 새삼스럽게 기념사진이라도 찍어놔야 하는 건가, 하고 생각한 순간도 있었다.

이 집을 팔면 어떤 게 가장 아쉬울지 생각해보았다. 그러자 우습게도 창밖에서 자라고 있는 템부수(Tembusu)라고 하는 커다란 동남아시아가 원산지인 나무가 마음에 짚였다.

그 나무는 키가 맨션 7층 높이였다. 나는 책을 꼭 침대에 누워 읽는 버릇이 있는데, 한참 읽다가 한 번씩 눈을 쉬게 해주려고 잠깐 책을 놓고 창밖을 바라보는 것도 습관이었다. 그때마다 내 눈앞에 그 나무의 세계가 펼쳐졌다.

침실 창문 가득 나무의 가느다란 가지들이 펼쳐져 있었다. 북위 1도의 싱가포르에 나무가 잎을 다 떨어뜨리고 벌거숭이가 되는 계절은 없다. 하지만 사계절이 분명한 지역에서 태어난 내가 느끼기엔 여름에는 그 초록의 레이스가 더욱 짙어지고, 겨울에는 잎이 많이 떨어져 나뭇잎 사이로 비치는 햇빛(木漏れ日, 고모레비)이 강해진다.

대학에서 영어를 공부하던 시절, 자연을 표현하는 단어로 좋아했던 두 가지가 있다. 하나는 이러한 나뭇잎의 무성함을 나타내는 'foliature(군엽)'였고, 다른 하나는 부드러운 서풍(산들바람)을 나타내는 'zephyr'였다. 이 나무는 두 가지 표현을 모두 쓸 수 있었다.

비가 내릴 것 같으면 이 커다란 나무가 유리창 쪽으로 우듬지를 크게 흔든다. 그러고 나서 바람과 장

대비를 맞으며 흔들린다. 방 안에 있어도 자연 속에 내팽개쳐져 흠뻑 젖는 듯한 기분이었다.

그 나무를 바라보고 있을 때 나는 행복하지도 불행하지도 않았다. 기분이 우울한 것도 아니고, 그렇다고 의욕에 넘치지도 않았다. 생각을 멈추고 시간의 흐름에 몸을 맡기고 있었다. 그것이 내 본연의 모습이었다.

이 나무는 온갖 동물들의 놀이터이기도 했다. 다람쥐가 그 가지 위를 돌아다니는 걸 자주 보았다. 어렸을 때 읽은 영어 그림책에 나오는 다람쥐는 통통하고 꼬리도 탐스러웠는데, 이 나무에는 꼬리털이 빠지고 야윈 다람쥐들이 살았다. 옴에라도 걸린 것 같았다. 일본에서는 보기 힘든 큰코뿔새라는 날개를 펼치면 2미터나 되는 검은 새도 이전에는 자주 이 나무에 날아들었다. 이 새는 온몸의 깃털은 검은색인데 부리는 노란색으로 크게 굽었고, 머리 위에도 노란색의 투구 모양 돌기가 있었다.

또 이 나무는 날이 채 밝기 전부터 요란하게 우는 새들이 지저귀는 장소이기도 했다. 아직껏 이름도 모르고 모습조차 본 적 없는 그 새들은 내가 일본에

서 왔다는 걸 알았는지 '오키로(起きろ, 일어나), 오키로' 라고 재촉하거나, 간사이 출신의 성질 급한 사람을 타이르듯 '마케로(負けろ, 양보해), 마케로' 라고 명령조로 지저귀는 것이었다.

싱가포르 맨션을 처분하면서 많이 아쉬운 게 있다면 이 나무를 다시 볼 수 없게 되는 것이었다. 나는 내가 죽어서도 부고 같은 것은 아무에게도 보내게 하지 않을 생각인데, 만약 단 한 사람에게만 알린다면 이 나무일 것 같았다. "당신을 무척 좋아했던 그 사람은, 죽었어요."라고. 그러면 나무는 한두 번 크게 가지를 흔들며 나를 애도해줄 것 같기도 했다.

하지만… 하고 나는 다시 생각했다. 자신이 그토록 애착을 가진 것이라면 현세에서 오래 독점해서는 안 된다. 한때 그것을 사랑할 권리를 받았다면, 그 특권은 다시 누군가에게 빨리 반납해야 한다.

이사하느라 어수선한 와중에 마지막으로 창문을 닫았다. 감상적인 기분은, 요만큼도 들지 않았다. 나의 죽음도 그러길 바란다.

Fine

죽음 앞에서 바라는 것

마지막에 남는 것은 재산도 명성도 아니고 사랑뿐

생각해보면 누구나 공평하게 한 번씩 인생을 되돌아보지 않으면 안 되는 시간을 맞는다. 바로 죽음의 때다. 인간에게 그때가 주어진다는 것은 큰 선물일지도 모른다.

젊은 날에는 돈과 노는 일만, 중년 이후로는 출세와 권세 이외의 것은 거의 생각하지 않는다는 사람들이 있다. 하지만 그런 사람들이라도 죽음이 자신의 신변에 다가온다는 예감이 들면 결국 사색적이게 된다. 그리고 사색적이게 된다는 것만이 인간을 인간답게 만든다. 그렇지 않고 먹이(음식물)와 짝짓기(섹스)와 영역 표시(권력)밖에 생각하지 않는 인간은 동물과 마찬가지 존재라고 할 수 있다.

인류의 문화는 천차만별이지만, 죽음 앞에서 바라는 것은 나라와 계층, 종교를 막론하고 비슷비슷하다.

얼마 전 싱가포르의 영자 신문에 싱가포르인의 죽음에 대한 의식을 조사한 기사가 실렸다. 그 시점에서 죽음을 선고받는다면 무엇을 하고 싶으냐는 질문에 응답자 대부분은 가족과 더 많은 시간을 보내겠다고 답했다. 어떤 부부는 두 사람이 함께 살아온 날들을 기록하기 위해 여기저기를 여행하며 수천 장이 넘는 사진을 찍었다고 한다. 과거의 지인들을 만나는 것도 그 여행의 목적 중 하나였다.

그것은 간단히 말해서 '사랑의 확인' 이라는 목적밖에 없다.

그렇다. 나도 몇 번 그랬지만, 앞으로 남은 인생이 아직 길다고 느끼는 동안 우리는 여러 가지, 많은 경우 인생의 샛길에 해당하는 것들에 집착한다. 아내 몰래 만나고 있는 애인과의 시간이 소중하고, 하와이에 근사한 별장 하나를 사두고 싶고, 회사에서

보란 듯이 출세하고 싶고, 일류 대학에 들어가고 싶
다.

그게 나쁘다고는 말하지 않겠다. 인생이란, 말하
자면 샛길을 헤매는 여정인지도 모르기 때문이다.
하지만 죽음이 다가오면 많은 사람들의 의식은 하
나로 좁혀진다. 바로 ‘사랑하며 살고 싶다’ 는 바람
이다. 혹은 ‘사랑하며 살았다’ 는 기억을 남기려는
소망이다.

지인의 지인이랄 정도로 먼 사람에게 들은 이야
기다. 어떤 여자가 불치의 암에 걸렸다. 남편은 화
가였는데, 젊은 시절부터 끝없이 불륜을 저질러 아
내를 괴롭혀왔다. 그 남편이 아내가 죽을병에 걸린
것을 알게 되자 갑자기 개과천선해서 속죄의 길을
걷기 시작했다. 아내의 병간호에 열중하게 된 것이
다. 병원의 간호사들까지 그녀를 부러워하는 행복
한 환자가 되었지만, 그녀는 기분이 울적해서 즐겁
지 않았다.

그 이야기를 듣고 우리는 제각기 감상을 털어놓
았다. 남편이 개과천선해서 아내에게 다정해진 것
은 좋은 일이다. 이에 대해서는 우리 모두 의견이

일치했다. 다만 내 생각엔 그것만으로는 환자에게 생의 증거를 남겨줄 수 없을 것 같았다. 이것은 약간 악의 냄새가 나는 악마적인 판단이었다.

결국 내 입은 참지 못하고, 남편이 이제껏 해온 대로 불성실하고 아내의 중병을 틈타 숨겨놓은 여자의 집에 계속 드나드는 게 환자에게 좋지 않을까, 하고 말해버렸다. 그런 남편이라면 그 사이에 아내는 병원에서 우연히 옛날 남자 친구와 재회하게 되고, 그에게서 지금껏 당신만을 사랑해왔다는 고백을 받는 극적인 운명이 찾아올지 모른다고 말한 것이다.

시간이 언제까지나 계속될 것 같을 때에는 사랑도 대부분 시들해진다. 반대로 죽음으로 곧 갈라질 운명 앞에서는 두 사람의 사랑도 불타오른다. 비극이지만, 인생의 마지막을 장식하는 데 이보다 멋진 생의 증거는 없다. 어느 쪽이 좋을까 하고 내가 무책임하게 웃으며 던진 질문에 같이 대화를 나누던 여자는 "불성실한 남편 때문에 마지막 사랑을 불태울 수 있는 게 낫겠네요."라고 잘라 말했다.

"그럼 좋은 남편이 된 것이 아내를 불행하게 만든

것이군요."

나는 끝까지 무책임했다.

최후에 남는 것은 사랑뿐이다. 재산도, 명성도, 명예도 아니다. 건강도 아니다. 사랑뿐이다.

사랑받은 적도, 사랑한 적도 없는 사람의 죽음보다 가여운 죽음은 없다.

여생이 6개월뿐이라면 무엇을 하겠습니까

싱가포르의 영자 신문이 정리한 답변은 중국계가 다수인 싱가포르의 특징을 보이고는 있지만, 우리에게도 충분히 참고가 된다.

여생이 6개월뿐이라면 당신은 무엇을 하겠습니까, 라는 질문에는 다음과 같은 답변이 있었다.

(1) 사랑하는 사람과 함께 있겠다.

(2) 여행하겠다.

(3) 마지막까지 최선을 다해 살겠다.

(4) 즐기겠다.

(5) 일을 그만두겠다.

(6) 육체적, 물질적 쾌락에 빠지겠다…, 실컷 마시고, 먹고, 사람들과 놀고, 섹스를 하겠다.

(7) 지금처럼 살겠다.

(8) 정신적인 생활에 열중하겠다. 출가하거나 성경을 읽겠다.

(9) 집에 있겠다.

(10) 마음껏 돈을 쓰겠다. 사회에 환원하거나 자선 단체에 기부하거나 자원봉사 등을 하겠다.

이상과 같은 10가지 답변이었다.

나의 꿈은 (1)이다. '사랑하는 사람' 이라는 말에서는 다양한 사람들이 상상될 것이다. 남편이나 자녀 등의 가족, 혹은 함께 살아온 어머니나 자매, 문자 그대로 애인, 짝사랑하는 사람 등이 일반적이겠지만, 사랑의 대상으로 개, 고양이, 바다나 산 등을 연상하는 사람도 있을 것이다. 또는 하던 연구가 있으면 그 자체, 혹은 연구실, 이런 것들을 떠올릴지도 모른다.

하지만 막상 현실에서는 (7)의 '지금처럼 살겠다' 가 될 것 같다. 인생이란 게 원래 이런 것이니 나만 불운하다고 말하기도 그렇다. 게다가 내가 죽게 되었다, 라고 퍼뜨리는 것도 내 성격과 맞지 않는다. 나에 대해서는 침묵하고 싶다. 떠들고 싶지 않다. 그렇다면 지금까지 살아온 소시민의 모습대로 평범하게 직장에 다니다가 어느 날 갑자기 자리에서 일어나지 못하게 되어, 처음으로 구급차에 실려 병원에 가는 꼴사나운 상황이 될지도 모르겠다.

(9) '집에 있겠다', (8) '정신적인 생활에 열중하겠다'가 될 가능성도 있다. 그간 저지른 어리석음을 신 앞에서 회개하고, "당신이 내게 보여준 이토록 아름답고 슬픈 현실에 감사드립니다."라고 그분의 노고도 치하한다. 확실히 죽음을 눈앞에 두고 성경을 보면 더 마음에 사무치는 것 같다.

(2) '여행하겠다'를 선택하는 사람도 많을 듯싶다. 하지만 체력이 따르지 않는 경우도 있을 테고, 나 같은 경우는 아름다운 경치를 보거나 마음을 떨리게 하는 저녁노을을 만나거나 하면 쓸데없이 슬퍼지곤 한다. 차라리 익숙한 동네 한구석에서 죽음을 맞이하는 것이 '마음 편해서 좋다'라고 생각될지도 모르겠다.

"당신에게 '잘 죽는다'는 것은 어떤 것입니까?"라는 질문도 있다. 육체적으로는 '오래 앓지 않는다', '잠들듯이', '노화로 자연스럽게'의 세 항목이 거론된 것은 그럴 만하다.

심리적으로는 '후회를 남기지 않는다', '행복하게 눈을 감는다', '걱정할 것 없이 평온하게' 라고 하지만, 이것들 모두 답하기에 조금 무리가 있다. 죽을 때의 심리에 한해서는 이 세상에 체험한 사람이 없기 때문에, 모른다고 말할 수밖에 없다.

'성취감' 에 대한 질문에는, '일이나 그 밖의 모든 일이 제대로 해결되었다고 느껴질 수 있다면', '나의 인생에 의미가 있었다, 충족된 인생이었다고 느껴질 수 있다면', '나의 꿈, 소망, 하고 싶었던 일, 목표 달성 등이 이루어졌다고 확신할 수 있다면' 의 세 항목이 거론됐는데, 내가 보기엔 다 그리 어려운 일은 아닌 것 같다.

지금까지 120개국 이상의 가난한 나라들의 삶을 내 눈으로 목격했다. 먹을 것도, 몸을 씻을 물도 부족하다. 아이들은 학교도 못 가고, 사탕이 무슨 맛인지도 모른다. 아파도 의사를 찾아가지 못한다. 더워도, 추워도, 벌레가 달라붙어도 그저 견뎌내는 수밖에 없다.

그렇다고 행복이 없는 것은 아니다. 오늘 저녁 먹

을 것이 있을 때 그들은 저절로 미소가 지어질 정도로 행복하다. 그들이 느끼는 행복을 말로 어떻게 표현하든 상관없이 '살아 있어서 다행이다' 라고 생각하고 있을 것이다.

성취감이라는 것을 설정하려면 먼저 목표를 정해야 한다. 그 목표가 무엇이냐는 것은 누군가에게 정해달라고 할 일이 아니다. 뭔가 적당히 목적다운 것을 손에 넣어두면, 그중에 자신에게 맞는 것도 있을 거라고 할 수는 없다.

목표와 목적이 작아도 괜찮다. 기업을 일으키고, 과학자가 되어 세계적인 발견을 하는 것만이 살아갈 가치가 있는 목표는 아니다.

가정에서는 내 아이를 한 사람 몫을 해내는 당당한 인격으로 키우겠다는 것이 목표가 된다. 연로한 부모님의 여생을 평온하게 지켜드리고 싶다는 것도 목표가 된다. 의사와 간호사라면 현직에 있는 동안 더 많은 사람을 구하고 싶다, 교사라면 한 명이라도 더 인생의 의미를 깨닫는 사람을 만들고 싶다…. 이것이 목표가 된다. 나 또한 교실에서 선생님 말씀을 한 귀로 흘려보내는 아이였기에 잘 안다. 평소에는 꾸벅꾸벅 졸기만 하던 아이라도 어느 날 갑자기 영혼을 깨우는 듯한 선생님의 말씀이 귀에 들어오는 날이 있기 마련이다.

직업에 상관없이 누군가에게 영향을 미치고 이 세상을 떠날 수 있다. 그것은 스스로 목표를 발견할 수 있느냐, 없느냐에 달려 있다.

Fine

정적 속에서 내면을 들여다본다

마음의 구멍을 메우다

인간의 성격은 삶의 희망으로 끊임없이 계속 불타오르는 사람과, 가만 내버려두면 죽음에 시선이 가는 사람으로 나뉘는 것 같다. 그것은 타고난 자질이기에 바뀌지 않으며, 어느 쪽이 더 좋다든가 우수하다든가 할 문제도 아니다.

사람은 각자에게 주어진 것만 모두 사용하고 죽는 것이 가장 훌륭하다. 그러나 이 점을 인식하고 살아가는 사람은 별로 없을지도 모른다. 2010년 밴쿠버 올림픽에서 아사다 마오 선수의 활약에는 모든 사람이 매료되었다. 오랜 기간 슬럼프에 빠져 있으면서도 그것을 견디고 자신을 잃지 않았던 것이라고 생각한다. 내가 19세였을 때를 떠올려보면 그만한 기력도 인내력도 없었다. 고작 3, 4년간 소설 습작에 열중해보고 가망이 없을 것 같으면 바로 그만두기로 결심했다. 지금 내가 작가로서 이렇게 글을 쓸 수 있게 된 것은 소설을 포기했던 바로 그날 동인지에 발표했던 내 작품이 중앙 문예지에 당선되었기 때문이다.

밴쿠버에서 은메달을 획득한 후 아사다 마오는 "분하다."라는 말을 여러 번 되뇌었다. 물론 다음 올림픽을 향한 결의의 말이다. 그러나 김연아를 앞서는 것만이 인생의 목적이라면, 그것은 너무 보잘것없는 목표다.

같은 동네에서 경쟁하고 있는 이웃 생선 가게보다 매출을 늘리는 것만이 목적이 되어서는 안 된다. 생선 가게의 목적은 주인이 직접 고른 싱싱한 생선이 손님 밥상에 오르고, 이 생선을 맛본 손님은 "맛있다!"라고 말해주는 것이다.

소설가의 세계도 마찬가지다. 세상에는 추리 소설, 첩보 소설 분야에서 아무도 당해내지 못할 것 같은 재능을 보이는 작가가 있다. 그들이 쓰는 작품은 인기가 있기 때문에 책도 많이 팔린다. 돈도 번다. 할 수 있다면 나도 그런 소설을 쓰고 싶은데, 작품 세계가 달라 도저히 흉내 내지 못한다. 첩보 소설 독자는 100만 명은 될 것이다. 내 소설의 독자는… 1만 명은 된다고 말하고 싶지만, 아마 500명 정도일 것이다. 그래도 나는 만족한다. 난치병 치료제는 감기약처럼 많이 팔리지는 않지만, 없어서는 곤란하다. 내 소설도 그럴 것이라고 혼자 기대하고 있다.

어느 경우든 모든 사람이 각자의 자리에서 할 수 있는 일을 하는 것이 좋다. 비교는 옳지 않다. 김연아도 나름대로 앞으로의 목표를 세워야 한다. 아사다 마오도 인생의 목표를 좀 더 자유롭고 높은 곳에서 찾는 것이 자연스럽다.

금메달의 무게를 충분히 이해한다. 그러나 옛날부터 '금'은 미다스 왕의 전설에도 묘사된 것처럼 일종의 속박이었다.

프리기아의 왕 미다스는 그리스 신화에 등장하는 인물이다. 디오니소스가 한 가지 소원을 이뤄주겠다고 했을 때 미다스 왕은 자신의 손이 닿는 모든 것들이 금으로 변하는 것을 택했다. 그랬더니 음식까지 금으로 변해 미다스 왕은 굶주림에 시달렸다고 한다.

미다스 왕의 전설을 알게 된 이후로 금보다 음식이 더 가치 있다고 생각하게 되었다. 물론 ‘금메달’은 금이라는 재질로서가 아니라 그것이 상징하는 재능과 노력에 대한 세계적인 평가이다. 그래도 올림픽 메달 따위는 대수롭지 않다. 오히려 한 훌륭한 여성이 스케이트라는 평생을 바칠 수 있는 세계를 가졌다는 점에서 큰 의미가 있다. 그래서 금메달을 따지 못해 “분하다.”는 아사다 선수의 말은 19세답게 아직은 미숙한 표현이었다. 훈련하느라 대학에 다닐 시간도 별로 없다면, 주위에서는 그 마이너스 부분에 대해서 앞으로도 신경 써줘야 할지 모른다.

사람은 살아 있는 한 자신의 내면을 충실히 채워 나간다. 현대인들은 외모에 신경을 쓰긴 하지만, 자기 마음의 내면에 뚫린 공동이나 벌레 먹은 구멍 같은 결점에는 그다지 두려움을 느끼지 않는 것 같다. 우리는 태어나서 죽을 때까지 그 구멍들을 메워갈 것이다. 그것은 동물로서가 아니라 훌륭한 인간으로 죽기 위해서다.

우리 내면의 빈 구멍을 메우는 방법은 무엇일까. 일하고, 배우고, 책을 읽고, 체험을 쌓고, 깊은 슬픔과 기쁨을 아는 것과 같은 수단을 통해서다. 외모에 계속 신경을 쓴다고 나이를 먹지 않는 것은 아니다. 하지만 마음의 공허함을 메운다면 정신의 젊음이 유지되어 나이에 상관없이 매력적인 사람으로 있을 수 있다.

그러기 위해서는 어떤 환경이 필요할까.

나의 유년 시절과 비교하면 학습 환경은 믿을 수 없을 정도로 좋아졌다. 그때는 지금처럼 책이 많지 않았고, 도서관도 아주 드물었다.

나는 어려서부터 근시가 심해서 언젠가 실명하게 될지도 모른다는 두려움이 마음속에 계속 자리하고 있었다. 40대에 들어서면서 책을 읽다가 마음에 닿는 구절을 만나면 붉은색으로 밑줄을 긋는 버릇이 생겼다. 전철 안에서 읽는 경우도 많아 밑줄은 꾸불꾸불하게 그어졌고, 책은 헌책방에서도 받아주지 않을 만큼 지저분해졌다. 하지만 그렇게 해두면 내 눈이 보이지 않게 됐을 때 누군가 대신 그 부분을 쉽게 찾아서 소리 내어 읽어줄 거라고 생각했다. 나는 지금도 이 방법으로 책을 읽고 있다. 실명에 대한 걱정은 없어졌지만, 원고에 필요한 자료를 쉽게 찾을 수 있다는 점에서 도움을 받고 있다.

외모에 신경을 쓰는 것처럼 습관적으로 책을 읽다 보면 자기도 모르는 사이에 누구를 만나 어떤 주제로 대화를 하게 되든 어려움이 없게 된다. 자신이 박식해져서 상대에게 뭔가를 가르쳐주게 되었다는 것이 아니라, 상대에게 이야기를 끄집어내어 서로의 공통점을 발견하고 이해의 폭을 넓히는 것이 자연스러워진다. 그것이 몇 살이 되어도 '인기 있는' 비결일지도 모른다.

'마음의 구멍을 메우는 방법'은 대부분 혼자서 하는 일이다. 분명 노동은 숲속에서 혼자 나무와 마주하는 나무꾼 같은 일 외에는, 공장이든 사무직이든 대부분의 경우 사람들과 함께 움직이는 것을 의미한다. 그러나 노동에서 정신적인 목적을 찾거나 일에 어울리는 일상의 템포를 만드는 것 등은 어디까지나 나 혼자만의 고독한 작업이다.

자기 생애를 납득하면 죽음을 맞이하기 쉬워진다

나는 항상 죽음을 쉽게 받아들일 수 있게 하는 것은 자기 생애를 납득하는 경우라고 생각한다. 사람이기에 변명이 없을 리 없고, 지진과 쓰나미, 화재, 교통사고, 선천성 질병처럼 개인이 피할 수 없는 것도 있다. 또 자신은 하고 싶다고 생각하는 일이라도 지식, 기능, 능력, 성격 등의 측면에서 고용자 측으로부터 부적절하다고 판단되어 외면당하는 것도 어쩔 수 없다. 하지만 상식적으로 말하자면, 그 이외의 생활 방식은, 어떤 선택이든 자기 책임하에 할 수 있는 부분이 남아 있는 사회라면, 반드시 그 사람 나름대로 납득할 수 있는 생활 방식에 도달할 수 있을 것이다.

선택은 사고의 결과다. 타인의 권유로 결정했다는 것은 변명이다. 생각하고 결정하기 위해서는 약간의 시간과 조용한 공간이 필요하다고 생각한다. 나는 시타마치(下町: 도시의 평지에 있는 상업 지역, 서민 동네—옮긴이) 출신이기 때문에 시타마치 기질(下町氣質)도 잘 알고 있다. 사람에 따라서는 전철 소음이 들려오지 않으면 오히려 마음이 안

정되지 않는다는 사람도 있다. 나도 음악이 흘러나오는 카페에서 원고를 쓸 수 있다. 그래도 가능하면 조용함, 그것도 철저하게 고독한 정적 속에 가끔은 자신을 두고 싶다고 생각하는 일은 늘 있다.

얼마 전 오래된 자료를 정리하다가 샤를 드 푸코 신부의 《봉디 부인에게 보내는 편지》라는 책을 발견했다.

샤를 드 푸코 신부는 끝없이 황야가 이어진 알제리 남부의 타만라세트에서 홀로 은둔 생활을 한다. 그리고 마음 깊이 사랑하는 사촌 누나 마리에게 계속 편지를 쓴다. 그것은 아마도 자기 마음의 구원을 위해서였으리라.

타만라세트의 산지는 수백 킬로미터 앞까지 내려다보이는 황야다. 예로부터 그곳은 이슬람을 믿는 유목민의 땅으로, 당연한 일이지만 기독교로 개종하겠다는 원주민은 한 명도 없었다. 샤를 드 푸코의 생애는, 현세에서는 실패한 사람이라도 괜찮다는 진리를 전해준다. 푸코의 죽음 이후, 그의 정신은 많은 사람들의 마음을 지탱해주었고, 선교 활동은 더욱 확산되었다.

태양 빛이 내리쬐는, 영원한 평온함과 안락함을 보여주는 외로운 사막에서 그는 마리에게 편지를 썼다.

"나는 이곳의 하늘과 광대한 지평선을 좋아합니다."

"여기서는 두 가지 무한이 보입니다. 평온한 하늘과 사막입니다."

우리 인간의 존재, 사랑, 삶, 평화, 아름다움, 행복, 우리의 시간과 영원, 마음과 영혼 속에 존재하는 모든 것을 그는 사막에서 보았다.

푸코 신부의 편지에는 여러 번 'calme(조용함)'이라는 단어가 나온다. 우리의 영혼에서 허식의 낡은 옷을 벗기고, 그 마음속의 진실을 꿰뚫어보는 분은 오직 하느님뿐이다, 라는 고백이다. 샤를 드 푸코는 1916년 12월 과격한 세누시 교도에게 살해당한다.

현대는 이 정적과 침묵이 너무나 결여된 시대다. 가는 곳마다 소리와 수다가 난무한다. 그러나 인간 영혼의 어떤 부분은 종종 이 정적 속에서만 자라기 때문에, 그것이 영원으로의 여정을 앞둔 죽음을 준비하는 데 필수적인 것처럼 느껴진다.

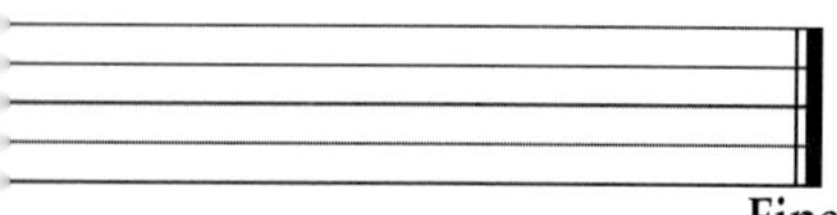
Fine

무리한 연명은 하지 않는다

2055년에는 노년 인구가 40퍼센트대

가끔 통계를 보고 깜짝 놀랄 때가 있다. 일본의 인구는 2005년부터 줄어들기 시작했다는데, 통계라는 것이 신뢰할 만한 것이라면 2055년엔 65세 이상의 노년 인구가 40퍼센트대가 될 것이라고 한다.

이미 최근에도 거리에 나가보면 젊은이보다 노인이 더 자주 눈에 띈다. 밖을 돌아다닐 수 있는 고령자는 그나마 자기 힘으로 움직이고 있으니 다행이다. 혼자서는 일상생활을 할 수 없는 고령자는 그것만으로도 젊은 세대의 발목을 잡게 된다.

50년 후라고 하면 현재 30세의 샐러리맨이 80세

가 되었을 때다. 아마도 그때가 되면 오늘 우리가 걱정했던 일들이 현실로 나타나게 될 것이다. 절정은 2065년경으로 노인 인구가 43퍼센트에 가까워진다고 한다. 30세의 젊은이가 85세까지 장수를 누리게 된다는 계산인데, 조금도 기쁘지가 않다. 그때가 되면 인구의 절반은 노인이다. 노인이 노인을 돌보는 '노노간병(老老看病)'은 지극히 당연한 일이 된다. 도와주려 해도 일할 사람이 없으니 노인은 방치될 수밖에 없는 참상이 점점 더 가까워지고 있다.

출산과 육아를 장려하고 지원하는 여러 정책을 계획하거나 시행하고 있지만, 근본적인 해결책은 아니라고 생각한다.

체외 수정을 통한 임신은 예외지만, 아이는 아주 단순하게 말해 인간의 성욕의 결과로 태어난다. 하지만 지금은 그 욕망이 너무 약하다. 인간의 본능이 약화되었다기보다는 섹스보다 재미난 것들이 많이 생겨서, 상대방의 기분까지 신경 써야 하는 섹스 같은 것은 귀찮아졌다고 한다.

개발도상국으로 자원봉사 활동을 나간 일본 젊은이들에게 솔직한 소감을 물어보면 먼저 말하는 것이 "마을에 전기가 안 들어와서 밤이면 달리 할 일이 없으니까 섹스를 하는 거예요. 그래서 아이가 늘어나는 거예요."라는 것이다. "개도국의 빈곤을 막기 위해 인구 증가를 억제해야 합니다. 그러려면 먼저 전기를 설치하고 가정마다 텔레비전이 보급되어야 합니다. 텔레비전이 보급되면 인구 문제는 대부분 해결될 겁니다."라는 게 그들의 의견이다.

실제로 도시의 남녀는 그 점에서 다양한 기분 전환 방법을 알고 있다. 밤거리에는 내가 다 쓸 수 없을 정도로 자극적인 것들이 난무한다. 문제는 집에 틀어박혀 있는 젊은이도 생식에는 별로 관여하지 않는다는 점이다.

컴퓨터 때문이다. 모니터 앞에 몇 시간씩 앉아 있는 것을 가장 좋아하는 일종의 중독환자들이 증가하고 있다. 마약은 명백한 범죄이기 때문에 지탄받고 있다. 하지만 똑같이 중독성이 있는 컴퓨터는 비난에서 한결 자유롭다. 컴퓨터 앞에서 무엇을 하고 있는지는 사실 당사자밖에 모르기 때문이다. 학문적으로 대단한 연구를 하고 있는 학자도, 인터넷 검색으로 남의 사생활을 엿보는 취미에 빠져 시간을 낭비하고 있을 뿐인 사람도, 외부에서는 구별하기 어렵다.

내가 IT 중독을 걱정하는 이유는 그것이 사람들과 어울리지 않아도 되는 삶의 방식을 만들기 때문이다. 지금까지 인류에게 생활이란 육체노동이든 지적 작업이든 기본적으로는 타인과 관계를 맺으며 공동 작업을 하는 것이었다. 그로 인해 우리는 인간이라는 존재를 알게 되었고, 언어를 사용하게 되었고, 육체적 고뇌와 마음이 충만해지는 행복도 발견했다. 타인은 사랑의 말을 들려주고, 위로와 격려도 해준다. 따뜻한 손길로 내 손을 이끌어준다. 물론 그 타인이라는 존재는 때리거나 빼앗거나 상처를 입히거나 죽일 수도 있다. 우리는 현실에서의 그 모든 행불행을 심신 양면으로 받아들이며 살아왔다.

그러나 IT 세계에서는 자신은 전혀 상처받지 않는다. 가상 현실의 세계는 모니터의 화면에서 아무리 가혹한 싸움이나 모험이 이루어져도, 이를 즐기는 현실의 인간은 적에게 공격받는 일도 없고, 덥지도 춥지도 않고, 모래 먼지를 뒤집어쓰지도 않고, 굶주리지도 않고, 지치지도 않고, 잠도 오지 않는다.

기계를 멈추기만 하면 우리는 즉시 평온한 현실로 돌아와 밥을 먹고, 샤워를 하고, 부드러운 이불 속에 들어가 잠을 청할 수 있다.

이야기가 조금 옆길로 샜는데 어쨌든 현대인은 가공의 세계에서 계속 논다는 일종의 마약 중독환자의 생활을 합법적으로 허용하게 되었다. 등교 거부 아동도, 회사에 가지 못하는 사람도, 모니터 앞에만 앉아 있으면 바깥세상과 연결된 듯한 착각에 빠질 수 있다. 이에 그치지 않고 자신이 지적인 인간으로서의 삶을 살고 있다고 가장할 수도 있다.

IT 세계는 아이를 낳지 못한다. 인구 문제는 현실이다. 현실의 생활로부터 유리된 생활을 계속하면, 지금의 젊은 사람들은, 주변의 절반이 노인인 데다가 간병을 해줄 일손도 없는 사태를 체험하게 될 것이다. 장수(長壽) 사회에 대한 예상 시뮬레이션을 지금으로부터 3, 40년 전의 학자와 관료 들은 하지 않았던 것 같다.

자연사를 선택해야 하는 시대가 오고 있다

다시 현실로 돌아와 생각해보자. 나는 일정 나이

가 되면 연명 의료 행위는 받지 않을 작정이다. 일정 나이가 몇 살인지는 각자가 결정할 수밖에 없다. 연명 의료 행위에 포함되는 범위 또한 각자 결정하면 된다.

하지만 아무리 나이가 들었더라도 살아 있는 인간이다. 나는 그들을 버려도 된다고 말하는 것이 아니다. 아픈 데가 있으면 아픔을 덜어줄 수 있도록 하고, 식욕이 없다면 조금이라도 먹고 싶은 것을 가족이나 친구가 함께 생각해보고, 그 희망을 이루기 위해 전력을 기울이면 된다. 흥미로운 화제로 함께 대화하고, 어떻게든 가고 싶어 하는 곳에 데려가는 것도 좋다. 비록 한 페이지밖에 볼 기운이 없더라도 책이나 잡지를 사서 보여줄 수도 있다.

그러는 동안에도 계절은 바뀌어갈 것이다. 인간은 누구나 언젠가 '이번이 마지막 벚꽃'이 될 벚꽃을 보게 된다. 지인이 입원해 있던 호스피스에서는, 환자의 자녀가 꽃놀이 계획을 세우고 차로 마중 나와 스미다 강가를 드라이브하기로 일정이 정해지면 그 시간대에는 링거 바늘을 뽑고 꽃놀이를 최우선으로 해주고 있었다. 예정된 양만큼 영양제가 들어

가지 않더라도, 자녀와 마지막 꽃놀이를 하는 것이 더 소중한 것이 분명했기 때문이다.

터무니없이 극진한 간호를 받고 돈과 일손을 들여가며 오래 살고 싶지는 않다. 적당한 때에 끝맺는 게 나의 희망이다.

적당한 때가 언제인지는 누구도 말할 수 없다. 의사도 정하기 어려울 것이고, 국가가 규칙이나 수치로 정할 수 있는 것도 아니다. 그것은 당사자와 그 당사자를 돌봐온 가족이 책임을 지고 결정할 문제다. 그리고 그 결과에 대해 병원에 책임을 묻거나 곧바로 법적 소송으로 이어지지 않는 사회적 분위기를 만드는 수밖에 없다.

후기 고령자의 건강 보험 제도는 조만간 또 바뀔지도 모른다고 한다. 숫자에 약한 내가 일일이 그 경위를 따져 물을 생각은 없다. 현재 나는 일하고 있기 때문에 건강 보험은 30퍼센트 본인 부담이다. 그리고 1년에 50만 엔의 보험료를 내고 있다. 그러나 다행히도 나는 건강 보험을 거의 사용하지 않고 있다. 예전에 다친 발목이 일주일에 두세 번 쑤실 때가 있으면 복용하는 진통제는 정형외과의 처방전이 필요하다. 그 약을 살 때 외에 최근 반년 동안 건강 보험을 사용하지 않았다.

지인 중에는 그럼 손해가 아니냐고 말하는 사람도 있지만, 나는 조금도 그렇게 생각하지 않는다. 다행히 나는 내장도 튼튼한 편이라 의료 기관에 갈 일이 없다. 그러나 내 나이 정도 되면 매주 두서너 번씩 병원에 다니는 게 일상인 사람도 꽤 많다.

병원을 자주 찾는 것도 내 나이에는 나쁘지 않다. 병원까지 가는 길은 운동이고, 답답한 집에서 벗어나 기분 전환의 기회가 될 수도 있다. 재활 치료를 받으러 다니면서 새로운 사람과 친분을 쌓고, 돌아오는 길에 국숫집에 들러 신나게 수다를 떨며 식사를 하기도 한다. 그것은 그 사람이 아직 사회생활을 하고 있다는 증거이다. 이런 상태가 계속된다면 나는 매년 50만 엔씩 기부해 몸이 약한 사람을 돕고 있는 셈이다.

국민이 낸 건강 보험료가 쓸데없는 곳에서 낭비되는 경우도 있다고 한다. 어차피 내야 할 돈인데 이왕이면 후기 고령자를 위해 요긴한 곳에 사용하고 있는 줄로 믿고 싶다. 의료 기관과 제약 회사가 결탁해서 불필요한 약에 막대한 돈을 쓰고 있다는 이야기는 자주 접한다. 인플루엔자 예방 백신 등이 효과가 있을 리 없다, 나는 절대로 예방 접종 같은 건 받지 않는다, 라는 의사도 있다.

그러나 어쨌든 대부분의 환자는 몸이 아프면 의사에게 치료를 받고 싶어 한다. 그들의 희망을 들어주는 것은 국가로서 최소한의 의무다.

그럼에도 불구하고 나는 요즘 다른 생각을 하게 된다. 노인들 스스로 죽음을 받아들이고, 자신의 책임하에 일정 나이가 되면 자연사를 선택하는 것이 평범하게 받아들여지는 시대가 올 것이다. 이것은 자살이 아니다. 부자연스러운 연명 치료를 받지 않겠다는 것이다. 만물이 태어나고, 살고, 다시 죽는 주어진 운명을 납득하고 따르는 것은 아주 자연스럽고 기분 좋은 변화다.

그 전에 한 가지 전제가 있다. 그 사람의 지금까지의 삶이 농밀하게 충만해 있어야 한다. 미련이 남아서는 안 된다. 자신이 걸어온 길을 '남의 탓'으로 돌리고 원망해서도 안 된다. 사람은 나이가 들수록 일이 잘 풀리지 않으면 남의 탓을 하기 쉬워진다.

죽을 때까지 인생의 키를 잡고 있었던 주체는 자신
이라고 믿는 사람은, 어느 순간 그 인생을 과감하게
놓아줄 수 있을 것이다.

사라져가는 것의 아름다움은 완벽하다

음선 법요(音禪法要) 체험

쌀쌀한 날씨가 계속되던 어느 봄날에 교토 무라사키노의 다이도쿠지(大德寺)에서 행해진 음선 법요라는 행사에 처음으로 참석했다. 이것은 어디까지나 법요지만 행사 중간에 음악이 나오고, 독창도 있고, 음악이 전혀 없는 본래의 독경도 있다.

음선 법요는 탁발 차림의 승려들이 마루 아래 나란히 서는 데서부터 시작한다. 가톨릭에도 '영광스러운 거지 수도승'이라는 사상이 있어서 나로서는 이해하기 쉬운 부분이다.

'거지 수도승' 중에 가장 유명한 인물은 아시시

의 프란치스코다. 그는 젊은 시절 지금 식으로 말하면 방탕아였지만, 모든 사치를 버리고 신앙에 따라 살게 되었다. 13세기 초의 일이다. 물론 이 경우의 거지란 게으름을 피우며 구걸하는 사람을 말하는 것은 아니다. 인간은 필요 이상으로 의식주에 집착해서는 안 된다는 것이며, 기도와 명상, 상업이 아니라 농업 등의 노동, 인간 구제를 위해 시간을 써야 한다는 사상이다. 프란치스코가 남긴 유명한 말 중에 "탁발을 나가 그날의 양식을 구했다면 내일과 모레에 먹을 것까지 구하려고 탁발을 계속해서는 안 됩니다. 곧바로 돌아와 본래의 기도 생활에 정진하십시오."라는 가르침이 있다. 나라면 '오늘은 탁발이 잘되는 날이군. 이런 날은 자주 오지 않는다. 내일과 모레에 먹을 건 물론이고 일주일 치 정도는 챙겨서 돌아가야겠다.' 라고 생각했을 것이다.

이야기가 또 옆길로 새버렸다.

이 음선 법요에는 퉁소와 횡적(橫笛), 쓰토무 야마시타 씨의 새너카이트라는 돌을 이용한 석금(石琴) 연주가 포함되며, 여기에 노마 오므란이라는 시리아 출신 여성 가수의 노래가 더해졌다.

새너카이트라는 돌은 사누키(讚岐)의 산에서 나는 경질의 돌이라고 하는데, 이 돌에서 나는 소리는 현세의 잡념이 배제된 듯한 음향이다. 정제된 느낌을 주는 차갑고 인공적인 금속음도 아니다. 인간과 더불어 지구에서 생겨난 물질이 지닌 생생한 울림을 그대로 간직한 소리다.

노마 오므란의 목소리도 석금 못잖게 신비롭고 매력적이었다. 남자 목소리도 여자 목소리도 아니다. 인간 영혼의 소리다. 그녀는 시리아 다마스쿠스의 음악대학원을 졸업했다고 한다. 다마스쿠스 필하모닉 오케스트라의 솔리스트이기도 하다.

노랫말은 아람어라고 하는데, 이는 히브리어 방언 가운데 하나라고 봐도 될 것이다. 아람어는 예수가 사용했던 언어이다. 다만 예수는 아람어 중에서도 갈릴리 방언으로 말했을 것이다. 갈릴리 억양은 상당히 두드러진 특징이 있다. 예수의 제자인 베드로는 예수가 붙잡힌 후 자기 몸을 지키기 위해 예수의 제자가 아니라고 우겼다. 하지만 그가 갈릴리 방언으로 말하자 그 정체가 들통났다는 일화가 성서에 나올 정도다.

오므란의 노래는 아람어로 된 기도문이었다.

"신이시여, 문을 열어주소서.
자비로운 양손을 펼쳐
죄인을 맞아주소서.
나의 눈물을 받아주시고 죄를 용서하소서.
당신은 유일한 생명의 샘,
생명의 물 그 자체입니다."

"믿음을 가진 자는 신을 위해 순교한 이들에게 달
려갑니다.
용기와 성실을 보여준 사람들처럼
자신의 피를 바칩니다.
천국의 영광을 얻기 위하여.
삶보다는 죽음을.
이 세상의 영광보다는 신 앞의 비참함을 택했습
니다.
죽음은 나의 보배.
이 외에는 배신으로 가득하기 때문입니다.
신의 아들 곁에 머무는 자들은

자신의 피에 스스로를 담그고

기도와 감사의 표시를, 신이시여, 당신에게 바치
며

이 성스러운 날에 노래합니다.

'우주를 다스리는 신이시여, 당신께 영광을' 이라
고."

미리 나눠준 안내문에 영어로 번역한 시가 첨부
되어 있어서, 그것을 내 마음대로 해석해보았다.

노마 오므란의 노래는 현세를 멀리 떠난 것이었
다. 떠났다고 하니까 어쩐지 비겁하게 들린다. 오히
려 그것은 현세에 깊고 조용하게 절망한 이의 울림
처럼 들렸다. 보통 절망은 마음을 황폐하게 만들지
만, 현세에 조용히 절망한 이에게는 반드시 일종의
편안함과 투명한 시선이 드러나는 법이다.

세상에 추한 미련을 남기지 말 것

우연한 기회에 로마노 불피타(Romano Vulpitta)
가 쓴 《무솔리니, 어느 이탈리아인의 이야기》를 읽
게 되었다. 내가 어렸을 때만 해도 무솔리니는 히틀

러와 함께 현존하는 인물이었다. 무솔리니를 연구한 적이 없어서 비교할 수는 없지만, 이 저자는 어떤 '시대의 인물'이든 그 인간성을 가감하지 않고 드러냈다는 점에서 명저라고 생각한다.

무솔리니는 1921년에 결성된 '국가파시스트당'을 이끌며 히틀러와 공동 전선을 펼쳤으나, 세부적으로 들여다보면 히틀러와는 정치적 태도와 사상에 차이가 있었다. 계속되는 이탈리아 전선에서의 패배로 무솔리니는 자신의 죽음을 예감하게 된다. 1945년 3월 그는 지인인 여기자에게 다음과 같은 편지를 보낸다.

"죽음은 나의 친구가 되어 더는 두려운 존재가 아니게 되었다오. 이생에서 힘겹게 살아온 인간에게 죽음은 신의 은총이오."

"내 앞에 남은 길은 죽음밖에 없는 것 같소. 그게 정당하다고 생각하기로 했소. 왜냐하면 내가 실수를 저질렀으니까. 그에 대한 보상을 해야 하오. 만약 내 이 헛된 목숨에 어떤 가치가 있다면."

"나는 평생 연설이든 문장이든 수많은 인용을 해왔소. 그중에는 잘못된 것도 있었다고들 하지만, 지금 하나 더 인용해야 할 것 같소. 그리고 지금이야말로 정확한 인용이 될 것이오. 햄릿의 말처럼, 나도 이렇게 말하고 싶소. '그 후로는 침묵하리라.' 오래전부터 그 영원한 침묵에 들어갈 결심은 되어 있었다오."

그러나 저자는 무솔리니의 본심에 대해 죽더라도 무의미한 침묵은 하고 싶지 않았다고 썼다.

"그의 각오는 자살로써 역사의 종언을 고하려 했던 히틀러와는 사뭇 달랐다. 무솔리니에게 죽음은 역사에서 자신의 영원성을 보장받는 수단이었다. 그래서 무솔리니는 자살이 아니라 산 제물(희생물)의 형태를 취해야 했다."

무솔리니가 시인 단눈치오(Gabriele d'Annunzio, 1863~1938)에 대해 언급한 말은 아마도 그가 꿈꾼 이상이었을 것이다.

"너는 죽은 게 아니다. 지중해 한가운데의 이탈리아라는 반도가 존재하는 한 너는 죽지 않는다. 너는 죽은 게 아니다. 이 반도의 중심에 우리가 언젠가 반드시 돌아가야 할 로마라는 도시가 존재하는 한 너는 죽지 않는다."

이것은 정치가로서는 상당히 문학적인 표현이다. 무솔리니 자신 또한 이렇게 생각되는 것이 소망이었으리라.

1945년 무솔리니는 스위스 망명에 실패하고 빨치산에게 붙잡힌 뒤, 애인과 함께 사살돼 밀라노의 어느 주유소 지붕에 거꾸로 매달렸다.

교토의 음선 법요가 한창 진행되고 있을 때 나는 인간이 삶에서 죽음으로 이행하는 순간인가, 경과인가의 변화를 생각하고 있었다. 그리고 그 변화를 꽤 자연스레 받아들일 수 있을 것 같은 기분이 들었다. 인간은 죽으면 뭔가 다른 물질이나 입자가 되어 계속 존재하는 것이 아닐까 하는 생각이 들었다. 그것이 독경과 음악의 힘이었을 것이다.

인간이 죽은 후 미립자가 되어 우주에 녹아들기 위해서는, 현세에서의 자기 존재를 가능한 한 남기지 않는 것이 좋을 것 같다. 자기 동상을 만들거나 자기 작품을 남기기 위한 문학관을 세운다거나 하는 것은 추한 미련이며, 지구를 모독하는 행위라는 생각마저 든다. 세상 사람 모두가 자기 존재를 기억하게 만들려고 광분한다면 어떻게 될까. 지구는 동상과 기념관으로 가득 채워질 게 뻔하다. 타인의 기억과 공공의 토지를 점유하려는 것은 무례한 일이다.

이름 따위는 덧없는 것이다. 역대 총리대신만 해도 그들이 집권했던 시절에는 우리가 그들의 이름을 알고 있었다. 당시 그들은 텔레비전에 거의 매일같이 등장했다. 하지만 세월이 흐른 뒤에는 그들의 이름을 떠올리는 사람도, 그들에게 뭔가를 기대하는 사람도 없다. 그 사람이 살아 있다면 모를까, 이미 세상을 떠난 총리의 이름을 들으면 "아, 그런 사람도 있었지." 하고 중얼거릴 뿐이다.

나는 베스트셀러 작가가 되어본 적이 없어서 모르지만, 어떤 작가도 수십 년 후에는 거의 잊히기 마련이다. 물론 수십 명, 아니 수백 명의 독자로부터 "지금도 당신의 책을 좋아하고 자주 읽습니다."라는 말을 들을 수는 있다. 내가 죽은 후 너더댓 명의 독자가 "지금도 좋아해서 읽습니다."라고 어디에선가 말해준다면 나로서는 더없는 영광이다. 하지만 잊히는 게 당연하다.

사후 자기 집이나 유산을 이용해 기념 문학관을

세워달라고 유언을 남기는 작가가 있지만, 이것 역시 타인에게 폐를 끼치는 일이다. 생전에 작가가 살았던 저택이 훌륭한 건축물이고 토지도 전망이 좋은 장소이거나 하면, 지금은 시에서 그런 유증을 환영할지도 모른다. 그러나 결국 같은 운명이 기다리고 있다. 해가 갈수록 방문객은 줄어들고, 문학관 건물에는 매년 유지비와 인건비가 들어가 시의 재정을 압박한다. 이런 폐를 끼치게 된 이유는 당사자가 스스로를 위대한 작가라고 착각했기 때문이다. 그 사람의 흔적이 남는다 해도 불과 몇 년뿐이다.

하지만 사라져가는 것의 아름다움은 완벽하다. 만약 남는 게 있다면 그것은 작가가 아닌 작품의 힘뿐이다. 루브르 미술관의 대계단 층계참에는 거대한 날개를 펼친 '니케(승리의 여신)'의 역동적인 토르소가 있는데, 조각가가 누구인지는 밝혀지지 않고 있다. 그럼에도 작품의 영원한 생명력으로 지금도 보는 이를 압도한다. 이름은 사라지지만 아름다움은 남는다.

희대의 살인마나 테러리스트라는 이름을 남기지 않고 세상에서 사라질 수 있다는 것만 해도 내 인생은 대성공이다. 그런 의미에서 나도, 나의 친구도, 어쩌면 우리 모두가 인생의 성공자로 불리기에 부족함이 없다고 본다.

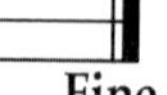
Fine

위대한 인물보다는 무명의 대중에게서 얻는다

주변에서 일어나는 하찮은 일들을 즐긴다

서머싯 몸이라는 영국 작가가 있다. 1874년 파리에서 태어났는데, 아버지는 프랑스 주재 영국 대사관의 고문 변호사였다. 나는 젊어서부터 이 작가를 무척 좋아했다. 어떤 작가의 작품을 읽음으로써 내가 진심으로 인생을 맛보고 즐길 수 있다면, 그 작가는 누구보다 서머싯 몸이다. 도스토옙스키도, 셰익스피어도 노력하지 않으면 이해되지 않는 부분이 있어서 그렇게까지는 되지 않는다.

자연스럽게 혹은 운명처럼 젊은 시절부터 동남아시아를 방문할 기회가 많았다. 덕분에 서머싯 몸이 겪었던 세계를 자주 접할 수 있었다. 그러나 그것과는 별개로, 내가 인식하는 외부 세계가 서머싯 몸과 아주 비슷하다고 생각하는 경우가 많다. 그의 책에 등장하는 도시와 국가를 찾게 될 때 거의 모든 곳에서 그가 남긴 인상을 나도 받곤 했다. 그렇다는 것은, '여기는 서머싯 몸이 남긴 인상과는 다르다.'라고 생각하는 바도 분명하다는 것이다. 그 뚜렷한 차이도 기분 좋다.

서머싯 몸은 프랑스 억양의 영어와 말더듬증으로 고통 받았다고 한다. 나는 말더듬증은 아니지만 프랑스어도 독일어도 구사하지 못한다. 2010년 4월 도쿄 대학 명예 교수인 나메가타 아키오(行方昭夫) 씨가 《몸 어록(モーム語錄)》이라는 편역서를 출간했다. 내가 몰랐던 부분도 많고, 잊고 있었던 디테일도 있었다. 하지만 다시 한 번 한 작가를 통해 그동안 살아온 시간들을 반추해볼 수 있는 기분 좋은 자극을 많이 받았다.

서머싯 몸은 노년 자체를 신랄한 눈길로 바라본다. 노인은 자신과 비슷한 연배의 사람들과 교제해야 한다고 말하면서, 그 교제가 즐겁지는 않을 것이라고 예고도 하고 있다.

"참석한 사람들 모두가 한쪽 다리를 반쯤 관에 들이민 듯한 자들뿐인 파티에 초대되었다는 것은 정말 우울하다. 바보는 나이가 들어서도 여전히 바보이고, 나이 든 바보는 젊은 바보보다 훨씬 더 지루하다. 노쇠함에 질세라 흉측할 정도로 경박하게 구는 노인과 과거에 뿌리박힌 채 자신을 버리고 저만치 앞으로 달려간 세상에 분노하는 노인이 양편에 앉아 있다. 도대체 어느 쪽이 더 참기 힘든지 알 수 없다. 그래서 젊은이 곁을 쭈뼛거리지만 환영받지 못하고, 동년배와 어울리는 것도 지루하기만 하다. 이것이 노인의 생활이라는 것을 깨닫게 되면 앞날이 암담할지도 모른다. 결국 마지막 남은 위안은 자기뿐이다. 나는 나 자신을 상대했을 때 가장 영속적인 만족을 느꼈고, 이제 와서 생각해보니 그것은 매우 큰 행복이었다."

서머싯 몸은 나만큼이나 파티를 싫어했다. 그는 노령을 핑계로 빠질 수 있게 된 것을 행운으로 여기며 기뻐했는데, 나는 고령자로 분류되기 전부터 파티 등 모임에 잘 참석하지 않았다. 어쩔 수 없이 참석해도 서머싯 몸처럼 중간에 도망칠 궁리만 했다.

그 결과, 지극히 가까운 몇 사람과 나 자신밖에 남지 않았다. 자기 주위의 세계는, 노인이라면 으레 그렇듯 나른하게 앉아만 있어도 보인다. 내 경우 근시를 치료받고 시력이 좋아져서 꽤 먼 곳까지 볼 수 있게 되었기 때문에, 가만히 앉아서 보이는 세계만으로도 꽤 재미있다.

사실 관찰에 가장 적합한 상대는 나 자신이다. 자신이 관찰자인 동시에 관찰 대상이 된다. 고백하자면 내 주위의 다른 인생을 바라보는 것만으로도 버겁다. 멀리 있는 것은 의미가 희미해지고, 눈이 침침해져서 잘 보이지 않는다는 것에도 오히려 해방감을 느낀다.

서머싯 몸과 내가 특히 닮았다고 느낀 점은, 기나긴 인생을 살아가는 동안 누구와 어울릴 것인가라는 문제였다. 나는 한 작가로서는 인연이 없었을 세계적으로 유명한 사람들을 꽤 많이 만난 시기가 있었다. 64세부터 10년 가까이 재단 대표를 맡은 덕분이다. 소노 아야코라는 소설가로서 그들을 만난 것은 아니다. 재단 대표라는 직책으로 프랑스 대통령,

미국의 전 대통령, 아프리카의 국왕, 현직 대통령 등과 만났다는 것뿐이다. 영국의 왕자도 우리 재단을 방문했다. 그것은 나처럼 평범한 사람에겐 엄청난 영광이라고 해야겠지만, 내 인생에서 가장 중요한 창작의 세계에는 전혀 기여한 바가 없다.

나는 '위대한 인물을 만난 회견기'를 간단한 일기 이상의 열정을 갖고 써본 적이 없다. 스와질란드의 국왕이 사는 왕궁도 근대와 전통이 강렬하게 공존하고 있어서 흥미로웠다. 우간다의 무세비니 대통령도, 가나의 전 대통령 롤링스도 만나보니 활달하고 소설적인 인물이었다. 하지만 내 작품에는 등장하지 않는다. 그 이유를 서머싯 몸이 나 대신 잘 설명해주었다.

"작가에겐 무명의 대중이 훨씬 더 비옥한 밭이다. 그들이 보여주는 의외성, 특이성, 무한한 다양성은 무궁무진한 소재를 제공해준다. 위대한 인물은 수미일관(首尾一貫), 즉 처음부터 끝까지 한결같은 경우가 많다. 반면에 평범한 사람은 모순되는 요소의 집합체다. '이 정도면 됐겠지?' 싶을 정도로 끝도 없이 놀라움을 안겨준다. 무인도에서 한 달을 지내야 한다면 수상보다는 수의사와 함께 있는 편이 훨씬 낫다고 생각한다."

서머싯 몸은 이런 글도 썼다. "내가 여행하는 이유는 사람들을 만나기 위해서다. 하지만 높으신 양반은 피한다." 나도 항상 그랬다. 재단에서 일할 때도 유명 인사를 만나는 일을 가능한 한 다른 간부에게 떠맡기고, 나는 가난한 지역을 걸으며 그 근방에 사는 사람들을 만나는 일을 선택했다. 다시 말해, 내겐 언제나 나의 일이 최우선이었다. 유명인들은 수미일관하다기보다 수미일관한 부분만 골라서 외부, 특히 국제 사회에 내보인다. 그런데 진실을 들여다보면 인종 간 갈등으로 개인적으로 괴로워하거나, 아무렇지도 않게 시간 약속에 무신경한 사람들도 많다.

우간다에서 개최된 농업 회의에 초대된 카터 전 미국 대통령을 비롯해 아프리카 각국의 수뇌부는 주최국인 우간다의 무세비니 대통령을 한 시간 반 넘게 기다려야 했다. 그 한 시간 반 동안 무세비니 대통령이 무엇을 했는지는 소설가로서 굉장히 흥미가 당기는 소재다. 작가적 상상력을 발휘해 그 한 시간 반 동안의 이야기를 창작하는 것은 얼마든지 가능하다. 하지만 그것 역시 그다지 신사적인 태도는 아니다.

즉, 서머싯 몸도 나도 주변에서 일어나는 하찮은 일들을 충분히 즐겨왔다. 세간에서는 화려한 왕실이나 남프랑스의 호화로운 별장족, 1800킬로미터를 달리는 알래스카 개썰매 대회의 우승자, 또는 월가에서 막대한 부를 이룬 사람 같은 특별한 사람들이 소설의 주인공으로 적절하다고 여긴다. 실제로 일본에서도 정계나 재계의 거물을 주인공으로 하여 그 이면이나 악을 폭로하는 소설이 베스트셀러에 오르곤 한다. 혹은 소설화된 역사적인 인물의 생애를 통해 자신의 인생에서 어떻게 처신할지를 배우려는 사람도 세상에 많다.

하지만 나는 전기 소설의 진실성을 전혀 믿지 않는다. 나에 대해서도, 일어난 적 없는 일이 사실인 것처럼 쓰인 경우가 너무 많았기 때문이다. 아직 살아 있는 나조차 이런 상황이니, 이름난 역사상 인물의 생애를 훗날 남이 '사실은 이랬다'고 쓰는 것이 결코 정확할 리 없다. 무엇보다도 억측으로 쓰는 것은 무례한 일이다. 그런 식으로 쓴 책에 실린 내용은 교훈도 되지 않고, 무리하게 거기서 뭔가를 배우려다간 자칫 경박한 행위를 저지르게 된다.

더 이상 무엇을 바라느냐고 자신에게 단단히 타이른다

내 시야에 들어오는 소재만으로 그 자리에서 단편 하나를 쓸 수 있다고 생각한 적이 있다. 서머싯 몸의 작품도 철저하게 창작이라는 태도를 취하면서 인생의 어떤 진실, 그것도 우리 주변에 널려 있는 평범한 사실의 매력을 전하고 있다. 그것은 아마도 그의 작품 속의 사실과 광경이 매우 보편적인, 즉 평범한 것인 경우가 많기 때문일 것이다. 열심히 일하는 자는 선하고, 게으른 자는 악하다는 낡은 도덕관념에 정면으로 도전한 〈개미와 베짱이〉, 평범하게 흘러가는 운명 속에서 작은 행복을 발견하는 달인을 그린 〈어부의 아들 살바토레〉, 선입관에 사로잡힌 인간의 어두움을 그린 〈시인〉, 평범한 개인의 삶에 누군가가 개입했을 때 폭발하는 인간의 분노가 얼마나 처절한지를 보여준 〈오지 주둔소〉 등 우리 주변에 얼마든지 있는 주제를 서머싯 몸은 소중하게 그려냈다.

그래서 서머싯 몸은 "인간을 관찰하면서 내가 가장 깊은 인상을 받은 것은 수미일관성이 결여되어 있다는 점"이라고 말했다. 나 또한 서머싯 몸처럼 "나에겐 예리한 관찰력이 있었고, 다른 작가들이 놓치고 있는 많은 것들을 볼 수 있었다."라고 자신 있게 말하고 싶을 때도 있었고, 그런 것도 몰랐다니 하고 나 스스로에게 어이없을 때도 있었다. 아마 그 두 가지 재능이 있었기에 나는 작가가 될 수 있었을 것이다.

주위의 수많은 인생을 지켜보게 되면, 자기 인생의 몇 배나 되는 삶을 살아온 것 같은 기분이 들게 된다. 요절한 친구를 떠올리며 "정말 안 됐어."라고 한다면, 서머싯 몸만큼 다채로운 인생을 지켜봐왔다는 자각이 있는 사람에게는 '나는 용케도 이만큼 살았구나.' 라는 생각이 드는 게 당연하다.

서머싯 몸은 91세까지 살면서 삶에 지쳤다는 듯한 나른한 분위기의 다음과 같은 문장을 썼다.

"이제는 충분히 많은 일들을 경험했습니다. 모든 것을 너무 여러 번 반복했고, 너무 많은 사람을 알게 되었고, 너무 많은 책을 읽었고, 너무 많은 그림과 조각상, 교회, 대저택을 보았고, 너무 많은 음악을 들었다고 생각하는 날이 있습니다. 나는 불멸의 생명을 믿지도 않으며, 바라지도 않습니다. 조용히 고통 없이 죽고 싶습니다. 마지막 숨을 거둘 때 내 영혼이 모든 소망과 약점과 함께 무로 사라진다는 것으로 만족합니다."

서머싯 몸과 달리 나는 사후에 주문하고 싶은 게 없다. 어떤 운명이 기다리고 있든 평범한 인간으로서 대다수의 사람들이 걸어간 길을 따라갈 작정이다. 그래도 위 문장의 앞부분은 교훈적으로 가치가 있다. 많은 사람을 만나고, 책을 너무 많이 읽고, 그림이나 조각, 교회나 대저택을 소유하는 것이 우리 모두에게 허락되지는 않는다. 그러나 너무 많이 보는 것은 확실히 마음만 먹으면 할 수 있다. 너무 많은 음악을 듣는 것도 요즘은 어렵지 않다. 그런 식으로 우리는 현세로부터 많은 것을 받았고, 더 이상 무엇을 바라느냐고 자신에게 단단히 타이를 수는 있다.

Fine

일상성이 지속되는 것이 행복이다

늙어서도 요리하는 것의 중요성

2010년 6월 중순에 시누이가 세상을 떠났다. 여든여덟 번째 생일을 앞두고였다. 여성의 평균 수명 이상으로 장수했고, 시설이 좋은 노인 홈에서 마지막을 보냈다. 남편과 사별했고 슬하에 자녀도 없었다. 하지만 70세까지 대학에서 교수로 재직했기 때문에 전문적인 지식도 있고, 독서의 즐거움도 알고 있었다.

시누이는 중년 무렵부터 이미 건강하다고는 할 수 없었다. 자기 입으로 지병이 일곱 가지나 있다고 말할 정도였다. 천식 등 호흡기가 안 좋아서 오랜 세

월 스테로이드를 사용한 것이 가장 심각한 장애로
보였다. 골다공증도 있어서 키가 15센티미터나 작
아졌다고 했다. 남편은 오히려 누이가 그 나이까지
오래 살 수 있으리라고는 생각하지 않았던 것 같다.

며칠 전 우리 부부는 시누이의 납골을 마쳤다. 우
리 가족에겐 '이상적' 인 가족묘가 있다. 굳이 '이상
적' 이라고 말한 이유가 있다.

시댁과 친정 부모님 네 분 중에 제일 먼저 83세를
일기로 친정어머니가 돌아가셨다. 친정어머니가 돌
아가시면서 우리 부부는 가족묘를 생각하게 되었
다. 친정어머니는 아버지와 이혼했고(아버지는 이
후 재혼했기 때문에), 아버지는 재혼한 부인과 다른
묘를 쓸 예정이었다.

다음으로 시어머니가 89세에, 몇 년 후 시아버지
가 92세에 돌아가셨다. 이미 그런 분들이 한 묘에
함께 모셔져 있기 때문에, 나는 그것을 '이상적' 이
라고 느끼고 있다.

불교적인 관습에서는 성(姓)이 다른 고인은 oo가
의 묘에 들어갈 수 없다고 한다. 하지만 우리는 가
톨릭을 믿어 묘석에 따로 가명(家名)은 새기지 않았

다. 묘석에는 오직 정해진 수명을 살아가는 인간으로서의 두 가지 기도가 새겨져 있을 뿐이다. 우리는 인연이 있어 이 세상에서 한 가족을 이루고 살았기 때문에, 사후에도 한동안은 함께 지내자고 생각했다. 이번에 세상을 떠난 시누이의 유골은 분골(分骨: 죽은 사람의 유골을 두 군데 이상으로 나눠 묻는 것)을 해서 죽은 남편의 묘와 우리 가족묘에 나누어 넣었다. 그곳에서 다시금 부모님과 함께 잠들 수 있게 된 것이다.

'한동안은 함께'라고 한 것은, 언젠가는 모든 무덤이 무연고나 그에 가깝게 될 것이라고 생각하기 때문이다. 이집트 파라오의 무덤은 죽은 후에 쓸 물품까지 갖춘 호화로운 것이었다. 그러나 합법과 비합법의 다양한 도굴꾼들이 그 정적을 침범했다. 부장품만 가져간 게 아니라 미라까지 가져갔다. 미라가 약으로 팔린 시대도 있었다고 한다. 얼마 전에 클레오파트라의 무덤이 곧 판명될 것이라는 기사를 읽었는데, 클레오파트라마저도 유골의 소재는 확인할 수 없다고 한다.

우리 모두는 언젠가 이름도 없이 대지로 돌아간

다. 살아생전에 유력자였던 사람은 남겨진 자들이 좀 더 오래 기억해주겠지만, 기나긴 세월의 흐름에서 그 차이는 미세할 뿐이다. 우리가 이름을 알지 못하는 선조들은 모두 대지로 돌아가 사라졌다. 우리도 그들과 같은 운명을 걷게 될 것이다. 나만 겪는 일인 듯 슬퍼할 일이 전혀 아니다.

시누이의 경우 지극히 평범한 가톨릭식 장례를 치렀고, 별다른 잡음 없이 유산 상속 절차도 끝났다(우리 부부는 아무것도 상속받지 않았다). 그래도 남편은 조금 지친 기색이었다. 관혼상제는 사람을 지치게 만든다. "아무 일 없이 느긋하게 지내는 게 최고예요." 나는 누이를 잃은 남편 앞에서 무책임한 말을 뱉는다.

하지만 시누이의 마지막 한 달을 생각하면 나는 감사해야 한다. 시누이가 지내던 노인 홈에서는 24시간 간병이 필요해지자 병동으로 옮겨주었다. 그곳은 시누이가 평소 지내던 방보다 밝고 생기가 넘칠 정도였다. 젊은 남녀 간호사들이 바쁘게 일하고 있었다. 10년 전 폴란드에서 왔다는 웃는 얼굴의 상냥한 수녀도 있었다.

그곳에서는 이미 반쯤 의식이 없는 환자라도 평상시와 다름없는 생활이 계속되고 있었다. 정해진 시간이 되면 온몸을 깨끗이 닦아주는 일도 이뤄졌다. 임종의 순간까지 일상성이 지속되는 것이 행복이다. 세 분의 어버이를 떠나보내면서 내가 깨달은 사실이다. 그것이 가능했던 것은 무엇 때문일까. 나는 이유를 생각해보았다.

그 하나는 분명 경제력일 것이다. 시누이는 평생 스스로 일해서 돈을 벌고 저축했다. 그래서 누구에게도 경제적인 부담을 주지 않았다. 시누이가 이 노인 홈에 입주한 것은 77세 무렵이었다.

시누이는 나와 다르게 성격이 사교적이다. 노인 홈에서도 일단 다른 입주자들과 허물없이 사귀었다. 그런 시누이를 보면서 한 가지 마음에 걸리는 게 있었는데, 요리를 전혀 하지 않게 되었다는 점이다. 하다못해 자기 손으로 차도 끓여 마시지 않았다. 노인 홈에서는 오전과 오후에는 잘 우린 차가 배달되고, 1층의 자동판매기에서는 페트병에 든 각종 차를 살 수 있었다. 오랜 세월 일을 하면서 가정생활도 해왔다면, 이제 요리 같은 가사노동은 하고 싶지 않다고 느끼게 되었을 것이라고 이해하지 않을 수 없었다.

그러나 내가 겪은 바로는 요리만큼 인간의 모든 신경을 사용하는(정신을 단련하는) 활동은 없다. 좋아하는 음식을 먹고 싶다는 욕구, 재료를 사러 외출하면서 세상과 접하고 물가 동향도 알고 있는 상태, 손수 요리를 만들어 누군가와 나누려는 자세. 어느 것도 그리 대단한 일이 아니지만, 평범하게 일하고 살아가는 인간이 대뇌의 모든 기능을 균등하게 동원하여 해내는 작업이라는 생각이 든다.

평온한 최후를 보장하는 국가의 평화

그러나 시누이의 최후가 평온했던 이유는 무엇보다도 이 나라가 평화로웠기 때문이다.

이라크나 아프가니스탄 같은 분쟁 지역에서는 우선 전기가 끊긴다. 그다음에 물이 나오지 않게 된다. 물류가 멈추고, 상품의 재고가 편중되기 시작한다. 즉, 없는 것투성이가 된다.

일상에서 물도 전기도 끊긴 상황을 경험하지 못한 사람이라든가, 과거에 전쟁을 겪었지만 그 기억이 희미해진 사람들이라면 물 한 번 길어 오는 일이 포격, 총격의 대상이 되어 목숨을 걸어야 하는 현실은 상상도 하지 못한다.

전기가 없으니 불을 켜지 못하는 건 당연하다고 해도 냉장고를 사용할 수 없게 되는 것은 분명 불편할 거라고, 누구나 그 정도까지는 상상하는 것 같다. 차가운 맥주를 못 마시겠구나, 사둔 치즈도 상하겠구나, 라는 예측 정도는 할 수 있다. 그러나 전기가 안 들어와서 냉장고를 사용하지 못한다는 것은 시원한 맥주와 치즈 안주가 주는 즐거움을 빼앗는다는 의미만이 아니다. 저장 혈액도 백신도 못 쓰게 된다는 뜻이다. 시누이가 머문 병실에는 산소 농도가 너무 짙어지지 않도록 조절하면서, 환자가 그 산소를 실제로 흡입하지 않을 경우에는 경고음이 울리는 장치까지 있었다. 가래를 제거해주는 흡입 기구도 있었다. 이 모든 장치가 전기에 의해 작동하고 있었다.

몇 년 전 지인이 일본에서는 보기 드문 파상풍에 걸려 한 달 가까이 집중 치료실에서 치료받고 목숨을 건졌다. 파상풍균은 혐기성 세균(공기가 없는 무산소성 조건에서 생육하는 세균)이라서 주로 물속이나 흙 속에 있다고 한다. 2차 대전 당시 오키나와 등에서는 부상을 입은 후 이 파상풍에 걸리는 사람도 많았다. 미군이 쏜 포탄이 땅에 한 번 박혔다 튕겨 나와 사람을 다치게 한 경우, 땅속에 있던 파상풍균이 함께 튀어나와 사람을 감염시켰다. 그것이 병의 원인이었다.

그 집중 치료실을 구경할 기회가 있었는데, 그곳은 다인실이 아니라 거대한 독실이었다. 주변은 모두 기계로 둘러싸여 있었다. 파상풍 환자는 교감 신경과 부교감 신경의 조정 기능에 문제가 생긴 듯, 약간의 자극에도 혈압이 급상승한다. 그래서 최대한 자극을 피하는 환경을 마련해준다. 어두컴컴한 병실에서 한 달 가까이 지내는 동안 혈압에 변동이 생길 때마다 경보음이 울리는 장치에 연결되어 환자는 생명을 유지할 수 있었다.

이런 치료는 평화롭고 선진 의료가 진행되고 있으며, 또한 누구나 그 혜택을 받을 수 있는 상황이 아니라면 할 수 없을 것이다. 만약 정전이 된다면 이런 환자가 제일 먼저 사망할 것이다. 폐기종도 앓던 시누이에게 가래를 제거하는 장치는 생명과 직결된 문제였다.

최근에 알게 된 사실인데, 일본은 세계 평화 지수에서 3위를 차지했다고 한다. 2009년 7위에서 2010년 3위로 순위가 올랐다. 1위는 뉴질랜드, 2위는 아이슬란드라고 한다.

오래전이지만, 뉴질랜드를 처음 여행하면서 '좋은 나라'라는 것을 알 수 있었다. 일단 도둑이 없었다. 거리에는 'Honest Shop(정직한 가게)'이라고 불리는 무인 상점이 있다. 진열대에서 채소와 과일을 고른 손님은 한쪽에 놓아둔 상자에 돈을 넣고 간다. 거스름돈으로 동전을 접시 위에 담아둔 상점도 있었다. 마음만 먹으면 거스름돈을 챙기는 정도가 아니라 매출 전부를 가져갈 수 있는 구조인데, 누구도 그런 짓을 하지 않았다.

뉴질랜드의 집들은 면적이 비슷했다. 구조도 비슷해서 앞마당과 뒷마당이 있고, 뒷마당에는 과일나무를 심은 집도 있지만 특출나게 호화로운 저택은 없었다. 가정부를 고용하기 힘들어 호화 저택을 소유해도 관리가 어려웠다. 대부분 부부가 힘을 합치면 어렵지 않게 관리할 수 있는 면적의 잔디 정원으로, 총리 관저나 항만 노동자의 집이나 별반 다르지 않다고 했다.

솔직히 말하면, 악이나 위험이 거의 없다는 그 평화로움에 숨이 막힐 것 같았다. 좀도둑이라면 있는 게 낫겠다는 생각까지 들었다. 일요일에는 문을 여는 가게가 없어 갈 곳도 없다. 아침에 교회에서 예배를 드리고, 오후에는 공터에서 다 함께 바비큐를 즐긴다. 아침에도 오후에도 똑같은 상대와 얼굴을 맞대야 한다는 것은 상상만 해도 지겨웠다. 이런 나라와 비교해보면, 평화 지수 3위의 일본이 오히려 매력적으로 느껴졌다.

하지만 어쨌든 나라가 평화롭기에 그 나라의 국민들은 평온한 죽음을 맞이할 수 있다. 의료 혜택도 충분히 누릴 수 있고, 만나고 싶은 사람도 만날 수 있으며, 마지막 소망도 이룰 수 있다. 평화가 없다면 모두의 따뜻한 배웅 속에서 죽음을 맞는 것도 불가능하다. 그렇기 때문에 우리는 이 땅에서 다시는 전쟁이 일어나지 않도록 노력해야 한다.

Fine

남들 눈에 잘 띄지 않는다

죽기 전까지 스스로 관리한다

실제로 본 적은 없는데, 말을 훈련시킬 때 말의 등에 당근을 매단 작대기를 걸치고, 당근이 말의 코 앞에 오도록 조절해놓는다고 한다. 그러면 말은 그 당근을 먹기 위해 열심히 내달리지만, 말이 달리면 당근도 앞으로 나가기 때문에 말은 영원히 당근을 먹지 못하게 된다는 것이다.

잔혹하다고 해야 할지, 웃긴다고 해야 할지 모르겠다. 지성을 갖춘 인간이라면 이런 시험에 빠져들어서는 안 될 것이다. 그런데 나는 때론 이런 시험에 제 발로 빠져들기를 기도한다. 코앞에, 아니 거의 입술에 닿는 거리의 당근을 향해 달리는 내 모습을 상상했을 때 처량하다는 느낌은 없다. 오히려 이 구도를 이용해 나약한 내 의지를 발분시킬 수 있기에 기쁘다. 나는 말 등에 올라탄 고약한 주인과 눈앞의 당근을 쫓는 어리석은 말의 양쪽 모두를 연기할 수 있는 기능을 가지고 싶다.

인간은 죽기 전까지 스스로 관리해야 한다고 믿는다. 위대한 일을 하라는 것이 아니다. 조금씩 쇠약해지고, 나중에는 언어를 잊어버리고, 식욕도 잃고, 그러는 사이에도 시간은 죽음을 향해 나아간다. 그것은 자연스러운 일이다. 그러나 어떤 경우에도 가능하면 다른 사람에게 폐를 끼치지 않고, 조용히 그리고 은밀하게 '죽음이라는 일'을 마무리하는 것이 좋다고 생각한다.

그러한 상태로 자연스럽게 이행하기 위해서는 오히려 매 순간 목표가 주어져야 한다. 말이 코앞의 당근을 먹기 위해 움직이는 바로 그 행동처럼 말이다. 적어도 나는 그렇다. 나는 항상 분 단위 또는 시간 단위, 아니면 그날 하루 단위로 목표를 정해왔다. 도덕적으로 그래야 한다고는 생각하지 않는다.

나는 이렇게 하는 것이 편했다. 막연히 시간의 흐름에 몸을 맡긴다는 게, 작고 나약한 인간에게는 더 어렵기 때문이다.

나는 다음과 같은 느낌으로 목표를 정한다. 예를 들어 다 마신 찻잔을 싱크대에서 설거지하고, 이어서 빈 주전자에 물을 채워둔다. 이것이 분 단위 목표다. 다음으로 신문을 읽고 정해둔 장소에 버린다. 그러고 나서 밭에 나가 한창 핀 백합꽃을 잘라, 집 안의 꽃병 물을 갈고 시든 꽃을 버린 후 꽂는다. 이 정도가 시간 단위 목표다.

정말로 이런 계획이 없으면 나는 제대로 할 수 있는 일이 없다. 행동이 지리멸렬하게 되어, 내가 무엇을 하고 있는지도 알 수 없게 된다. 이렇게 계획적으로 집안일을 하고 글을 쓰는 것은 남을 위해서가 아니다. 나를 위해서다.

세상에는 갑작스레 죽음과 만난 사람도 있다. 젊은이의 돌연사도 있고, 병원에서 호전되었다는 말을 듣고 안심했는데 하룻밤 사이에 세상을 떠나는 경우도 있다. 그래도 많은 사람들은 어떤 징조를 보이며 몇 년은 생존한다. 운동 능력이 점차 약해지

고, 쉽게 피로해져서 많은 일을 할 수 없게 되는 것
이다.

요즘 들어 씻지도 않고 이불에 누워 '오늘은 그냥
잘까?' 하고 고민할 때가 있는데, 나이가 들었다는
징조다. 하지만 그때 내버려두면 나는 곧 씻는 일을
땡땡이치고, 내친김에 잠옷으로 갈아입는 것조차
땡땡이치게 되지 않을까, 라고 생각하는 순간이 있
다. 그래서 어쩔 수 없이 나는 스스로에게 맞설 목
표를 세운다.

왜 목표를 세워야 할까. 그 편이 조용히 살 수 있
기 때문이다. 조용히 산다는 것은 흐트러진 모습으
로 사람들 눈에 띄지 않고 살다가 이윽고 죽음을 맞
이하기 위해서다. 가능하면 조용히 사는 것을 만년
의 목표로 정해야겠다는 생각이 요즘 들어 더 절실
해졌다.

내가 목표를 세우지 않고 살아가다 보면, 불결해
지거나 병이 들거나 심하게 야위거나 뚱뚱해지고,
집 안은 엉망진창이 될 것이다. 즉, 사람들 눈에 금
방 띄는 존재가 될 것 같다.

유품을 처리하기 쉽게 불필요한 물건은 버린다

얼마 전 텔레비전에 두 아이를 버려두고 집을 나갔다가 결국 아이들을 죽게 한 여성의 아파트 베란다가 비춰졌다. 요즘 저 정도로 더러운 집은 얼마든지 있다고 할지도 모르지만, 베란다는 말 그대로 쓰레기장이었다. 파는 도시락을 먹고 난 껍질 같은 것도 있었던 것 같다. 음식물 찌꺼기가 달라붙은 채로 있는 도시락 껍질은 여름이라면 부패해서 지독한 냄새를 풍긴다. 그러니 이웃에서 신경을 쓰지 않을 수 없다. 이런 식으로 주위에 피해를 주게 되는 것이다.

나도 젊었을 때는 서재나 주방을 잘 치우지 않았다. 그런데 나이가 들수록 어수선함이 몸에 해롭다는 것을 알게 되었다. 책 위에 책을 올려놓으면 밑에 있는 책이 필요할 때 꺼내 볼 엄두가 나지 않는다. 방바닥에 늘어놓은 잡동사니에 발이 걸려 툭하면 넘어진다. 그 결과, 방이 좁을수록 물건은 줄여야 한다는 것을 깨달았다. 즉, 생활은 단순해야 한다. 이를 위해서는 버리고, 정리하고, 분류하는 것과 같은 작업이 필요하다. 나이가 들어서야 알게 된 사실이다. 나이가 들면서 자연스레 의식이 바뀐 덕분이다.

얼마 전에 우연히 동서고금의 철학자도 생각지 못한 위대한 지혜를 생각해냈다. 하루에 한 개씩 뭔가를 버리면 1년에 365개의 불필요한 물건을 정리할 수 있다. 이런 것을 생각해내다니 나는 천재인가, 하고 감격했지만 아직 아무도 나를 칭찬해주는 사람은 없다.

매일은 아니더라도 생각날 때마다 실천에 옮기고 있다. 한 개라도 버리면 생활은 그만큼 간소해진다. 죽기 전까지 1년이든 10년이든 계속 실천한다면 내가 세상을 떠난 후 유품을 처리하는 사람에게 폐를 덜 끼치게 된다.

프랑스에서 태어난 러시아계 유대인 철학자 블라디미르 장켈레비치(Vladimir Jankélévitch, 1903~1985)는 오랜 시간에 걸쳐 죽음을 초래하는 두 가지 요소로 권태(주관성)와 노화(객관성)를 꼽았다. 의식하지는 못했지만 내가 스스로 코앞에 매달아놓은 당근에 닿으려 애쓰는 어리석은 목표를 세운 것도 따지고 보면 이 두 가지 요소에 나약하게

나마 저항하기 위해서였다.

나는 오래전부터 권태란 매우 수준 높은 영혼의 반응을 요구하는 상태라는 것을 알고 있었다. 권태는 인간 스스로 자기 영혼의 생활 방식을 선택하도록 유도하기 때문이다. 아우슈비츠의 강제 수용소, 또는 중국의 사회주의 체제에서는 권태 같은 건 허용되지 않는다. 생존을 위해 권력이 몰아세우는 방향으로 무조건 달려야만 한다. 그러나 권태는 또한 도덕을 어지럽히는 원인이기도 하다. 불륜을 저지르거나 돈을 낭비하는 생활의 실마리를 제공하기도 한다. 그것이 두려워서 나는 권태가 느껴지지 않는 하루를 보내려고 거의 의식적으로 나를 몰아왔다. 권태가 실은 위대한 정신의 모태일지도 모른다고 생각하면서도, 권태라는 시간을 제대로 살리지 못했을 경우의 두려움을 떠올리며 비겁하게도 그것을 회피해왔다.

목표가 있으면 권태는 없을 것이고, 목표를 향해 노동을 하면 어느 정도 단련이 되어 육체의 노화도 늦출 수 있을지 모른다.

가능한 한 남들 눈에 띄지 않고 노년을 보내고 싶

다는 이야기로 돌아가자면, 이는 순전히 취미의 범주에 속하는 것이지 선악이나 도덕의 문제가 아니다. 세상은 남들 눈에 띄는 것이 그 사람의 자질이나 위대함을 보여주는 요소라고 생각하는 경우가 많은 것 같다. 그래서 높은 사람을 만나거나 훈장을 받거나 하면, 지인을 초대해 축하연을 열고 값비싼 기념품을 나눠주기도 한다. 하지만 내가 보기에 노인이 되어 진정한 힘을 지닌 사람은 침묵하며, 남들 눈에 띄지 않는 생활을 사랑한다. 나도 체험을 통해 배운 것이다.

단체로 해외여행을 할 기회가 몇 번 있었다. 체력과 지력이 나이에 걸맞게 젊은 사람들은 여행 도중에 별로 눈에 띄지 않았다. 함께 길을 걷고 있을 때 평균적인 속도로 자연스럽게 걸어가는 사람에게 신경 쓰는 일은 거의 없다. 걸음이 더디거나 휠체어를 탄 사람이 언제나 신경 쓰이는 존재가 된다.

의식도 마찬가지다. 사람들 틈에 섞여 아주 평범하게 말하고 행동하는 사람은 관심의 대상이 되지 않는다. 약속 시간에 혼자 늦거나, 쇼핑할 때 거스름돈을 받지 못하거나, 뭔가를 빠뜨리고 오거나, 툭

하면 화장실이 급하다고 하거나, 부자연스럽게 크
게 웃거나 하면, 그때는 눈에 띄는 존재가 된다.

이왕이면 눈에 잘 띄지 않는 사람이 되고 싶다.
공기처럼 곁에 있는지 없는지 잘 모르겠는 사람이
되고 싶다. 그것이 가장 멋진 노년이라고 생각한다.
그리고 죽음이라는 소멸을 향해 자연스럽고 순수하
게 이행하고 싶다.

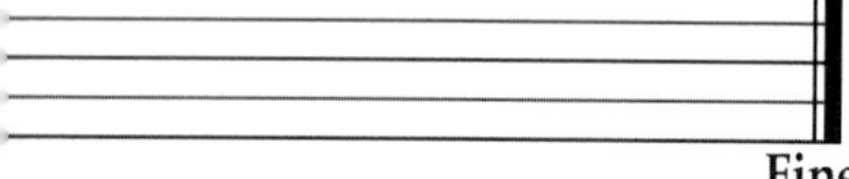

Fine

죽음이라는 임무

단풍나무가 살아가는 법

2010년 9월 6일 자 《마이니치신문》에 '칼럼니스트 겸 모회사 근무' 라고 자신을 소개하고 있는 고바야시 요코(小林洋子) 씨가 쓴 "맹그로브의 노란 잎" 이라는 에세이가 실렸다. 정원 가꾸기에 관심이 많은 나는 필요한 지식을 대부분 밤에 공부해서 얻었다. 자기 전에 식물 책을 조금씩 읽으면서 배웠던 것이다. 그래서 식물과 관련한 글은 작가를 따지지 않고 교과서처럼 정독하는 버릇이 있다. 고바야시 씨의 에세이도 그중 하나였다.

고바야시 씨는 여름휴가를 맞아 이리오모데 섬에

갔다. 초록의 맹그로브 숲 사이로 노란 잎들도 눈에
띄었다. 맹그로브도 단풍이 드는 걸까, 하고 궁금해
서 물어보니 그곳 주민이 "아니에요, 저건 소금을
저장한 잎이에요."라고 알려주었다.

"(맹그로브는) 바닷물이 섞이는 수역에서 자라기
때문에 염분을 뿌리의 세포막으로 걸러낸다. 그래
도 빨아올려버린 염분은 특정한 잎에 모은다. 나무
가 살기 위해서다. 염분이 충분히 쌓이면 그 잎은
노랗게 변하고, 결국은 수면 위로 툭 떨어진다.

애달프지 않은가. 특정한 잎으로 선택되는 것은
오래된 잎일 것이다. 염분을 온몸에 품고 나무와 다
른 잎들을 지키기 위해 떨어지는 늙은 병사를 떠올
리니 눈물이 난다."

맹그로브는 매우 귀중한 나무다.

예전에 튀르키예의 거대한 아타튀르크 댐에서,
이 댐도 수위가 점점 더 낮아지고 있다는 설명을 들
었다. 유입되는 물이 적은 데다가 거대한 호수의 수
면에서 끊임없이 물이 증발하기 때문이라고 했다.

"무슨 방법이 없을까요?"

귀국 후 토목 전문가에게 물어보았다. 나는 꽤 오

래 전부터 비전문가임에도 불구하고 토목을 공부했다. 주위에 내 무지한 질문에 참을성 있게 대답해주는 전문가도 있다.

"뭐, 증발을 방지해야겠죠."

"그래서 어떻게 해야 하는데요?"

"댐에 덮개를 씌우면 되지 않을까요."

농담이 아닌 정론이지만, 난해한 문제라는 절망의 넋두리처럼 들리기도 했다. 어쨌든 증발을 방지하기 위해서는 덮개까지는 아니더라도 주변에 나무를 심는 것은 효과적이라고 한다. 그런데 아타튀르크 댐 근처는 나무 한 그루 자라지 않는 덥디더운 황무지였다.

애초에 나는 그런 땅에 대해서도 무지했다. 아프리카도 이곳과 상황이 비슷했는데, 1년에 9개월은 햇볕이 쨍쨍 내리쬔다. 나머지 3개월도 매일 비가 내리는 것은 아니며, 그런 땅은 세계 곳곳에 많다. 물이 없어서 농작물을 키울 수 없다면 웅덩이나 농업용 저수지를 파서 물을 모아두면 되는 게 아닌가, 라고 짧은 소견을 피력했더니 "그 생각은 큰 실수예요."라고 했다. 쉽게 웅덩이를 파면 그곳에 소금기

가 모여, 주변의 땅까지 사용할 수 없게 된다는 것이
다.

일본에서는 감히 상상도 할 수 없는 무서운 상황
이다. 황무지란 소금기가 모인 거친 땅으로, 우리는
그러한 광경을 본 적이 별로 없다. 매년 같은 논에
서 벼농사를 지을 수 있는 것은, 해마다 논에 물을
대어 염분을 씻어내고 있기 때문이라고 한다.

"그런 염분이 강한 황무지에는 심을 만한 나무가
없나요?"

튀르키예에서 돌아오고 한동안은 이 질문을 입에
달고 살았다. 그 대답을 몇 년 후에 얻게 되었다. 한
진지하고 상냥한 분이 나의 질문에 대답해주었던
것이다. 염분을 견디며 살 수 있는 거의 유일한 나
무는 맹그로브였다. 그리고 지금 맹그로브에 대한
새로운 지식을 배우게 되었다. 맹그로브라고 해서
소금물을 무한정 소화시키는 것은 아니라는 점이
다.

70대 중반에 발목이 부러지면서 농사라는 육체노
동을 할 수 있는 기능이 떨어졌다. 발목은 지금도
자유롭게 움직이지 못한다. 그러나 그 방면에 관심

을 갖고 살다 보면, 관련 지식도 자연스럽게 늘어난다. 마치 재산이 늘어나는 것 같은, 저금통장의 숫자가 늘어나는 것 같은 즐거운 일이었다.

맹그로브는 아니지만 우리 집에는 수령 100년에 가까운 단풍나무가 있다. 9월경에는 그 단풍나무의 잎 대부분이 아직 녹색인데, 그중 몇몇 가지는 붉게 물들어 그야말로 단풍이 들었구나, 하고 생각되는 가지가 있다.

단풍나무는 가지치기가 거의 필요 없는 식물이다. 그래도 가지를 잘라야 할 때는 절대로 가위를 쓰지 말라고 배웠다. 보통 나뭇가지는 완전히 시들어버린 경우라면 몰라도, 덜 말랐을 때는 손으로 잘 꺾이지 않는다. 유일하게 단풍나무만이 나무 스스로 불필요한 가지라고 생각되면 바람에 자연스럽게 꺾이게 되어 있다고 한다.

이것을 알게 된 이후로 단풍나무에 대한 나의 애착은 더욱 강해졌다. 가을 단풍도 아름답지만, 나는 여름에도 '진초록'이라고 말하고 싶을 정도로 싱싱한 녹색을 간직한 정원의 단풍나무를 벗 삼아 소면이나 냉국수를 차가운 국물에 말아 먹곤 했다. 하지만 알면 알수록 단풍나무는 사람보다 훨씬 더 깔끔하게 살아가는 식물이었다.

앞에서 이미 썼지만, 왜 우리는 어린아이들에게 초등학교에서 농업의 기본을 좀 더 가르쳐주지 않는 걸까. 식물의 살아가는 방식을 알면, 삶은 죽음으로 이어지고 죽음에서 삶이 태어난다는 그 연쇄 반응을 자연히 깨닫게 될 텐데 말이다. 모든 생명은 이와 다르지 않다는 철학을 스스로 발견하게 될 텐데 말이다.

요즘 대세는 유기농 채소다. 벌써 30년 전에 내가 어설프게 밭농사를 시작했을 때만 해도 세상은 무기 비료와 농약에 의지하고 있었다. 어쨌든 다루기 편한, 알갱이로 된 염화암모늄 같은 화학 비료를 밭에 왕창 뿌리면 작물 수확을 늘릴 수 있었다. 벌레를 막으려면 농약을 뿌렸다. 이것으로 해결이다, 라는 게 그 시절의 일반적인 분위기였던 것 같다.

그러나 얼마 지나지 않아 화학 비료와 농약이 지력(地力)을 고갈시킨다는 것을 알게 되었다. 그래서 사람들은 다시 유기 비료를 찾게 되었다. 유기 비료는 생물의 사체로 만든다. 부엽토나 부식토 같은 명칭은 중요하지 않다. 낙엽을 썩히고 배설물을 퇴비로 만들어 사용한다는 게 핵심이다.

젊은 세대는 상상이 잘 안 되겠지만, 전쟁 전만 해도 수세식 화장실은 구경하기 힘들었다. 집집마다 마당 구석에 따로 저장식 화장실을 만들어 배설물을 모아뒀다. 당연히 냄새가 심했고, 파리 등이 오물에서 번식하는 경우가 허다했다. 그 때문에 소아마비 같은 병도 흔했다.

나는 외국인 수녀들이 경영하는 학교를 다녔다. 그녀들이 일본에 도착해서 가장 먼저 한 일은 도쿄 내 주택지에 4만 평의 광대한 토지를 구입하고, 그곳에 학교와 수도원뿐만 아니라 밭도 만든 것이었다. 밀레의 〈만종〉을 떠올리게 하는 광경의 밭이 만들어졌다.

수녀들은 소도 길렀다.

"아니, 시내에서 소를 길렀다고요?"

라고 물으면, 나는

"네, 그땐 땅값이 쌌거든요."

같은 애매한 대답을 하곤 했는데, 소를 길러야만 했던 이유가 있었다.

당시 일본인이 경작하는 밭에서는 모두 '인분' 을 비료로 썼다. 요즘에는 생각조차 할 수 없는 생활이었다. 인분을 쓰다 보니 밭에서 수확한 농작물에도 기생충이 득실거렸다. 당연히 음식에도 기생충이 따라왔다. 아이들은 매달 초에는 구충제를 복용했고, 기생충이 소아마비의 원인이기도 했다.

외국에서는 인분을 비료로 쓰지 않았다. 소와 닭의 똥을 비료로 이용했다. 인간의 똥은 더럽고 동물의 똥이면 된다는 것도 어떻게 보면 모순인데, 한 가지 차이점은 소와 닭은 초식 동물이라는 점이다. 나도 밭에 소똥과 닭똥을 자주 뿌리고, 그것을 손으로 만져도 위화감이 느껴지지 않게 되었다. 하지만 잡식 동물이라는 것만으로 인간의 배설물을 왜 다른 동물의 배설물보다 더럽게 느끼는지 이유는 잘 모르겠다. 어쨌든 외국인 수녀들은 당시 밭을 만드는 이상 비료를 확보하기 위해 어떻게 해서든 소와 닭을 기르고 그 똥을 사용해야 했던 것이다.

미소 짓고 있는 죽음

어떤 개체가 희생되어 죽지 않으면 그 종(種)은

살아남을 수 없다. 이러한 숙명은 자연계에서는 피할 수 없는 것으로 받아들여지고 있다. 사마귀의 수컷이 교미 직후 암컷에게 잡아먹힌다는 운명은 특별히 사마귀의 근성이 포악해서는 아닐 것이다. 교미하고 종을 남긴 후에도 평생 암수가 사이좋게 짝을 이룬다는 동물도 있다. 그러나 죽지 않고 영원히 사는 동물은 없다.

누군가 죽어야만 또 다른 누군가는 살게 된다. 성서가 가르치는 '한 알의 밀'이 그것이다. 한 알의 밀이 그대로라면 더 이상 아무것도 자라지 않는다. 그러나 한 알의 밀이 죽기 때문에 거기서 새로운 생명이 싹튼다. 그것은 한 알의 밀에게 헛된 죽음이 아니라 살기 위한 죽음이다.

우리의 생애도 이와 비슷하다. 물론 내가 죽어야만 우리들 중 누군가가 살게 되는 것은 아니다. 하지만 나이가 들면서 내가 죽어야 하며, 나에겐 죽음이라는 임무가 있다고 생각하게 될 때가 많다.

모든 현상과 사물에는 옛것과 새것의 교체라는 힘이 작용한다. 단풍나무는 스스로 필요 없다고 생각되는 가지를 바람에 날려 자기 몸에서 잘라낸다.

그처럼 지구상에서는 늙고 낡은 것들이 새 생명에게 자리를 양보한다. 그것이 자연이다.

죽음은 그러므로 무위(無爲)가 아니다.

고흐는 만년에 그린 〈수확(추수)〉이라는 작품에서 밀도 밀밭도 태양도 모두 금빛으로 채색했다. 그리고 죽기 1년 전, 생 레미의 정신 병원에서 동생인 테오에게 편지를 썼다.

"수확은 밀에게 죽음을 의미한다. 그러나 이 죽음은 슬픈 것이 아니다. 순금의 빛으로 만물을 비추는 태양과 함께 나아가는 것이다. 내가 그리고자 한 것은 '이 미소를 머금은 듯한(presque souriante) 죽음' 이다. 인간 또한 이 밀 같은 것일 수 있다."

이 문장은 바티칸 '종교 간 대화 평의회' 차장으로 오랫동안 요한 바오로 2세를 곁에서 도운 고(故) 시리에다 마사유키(尻枝正行) 신부님이 생전에 발간한 《영원한 오늘을 산다(永遠の今を生きる)》라는 책에서 읽었다.

그렇다면 허망한 것은, 애써 수확되었음에도 생명의 싹을 틔우지 못하는 밀이라는 말이 될 것이다. 병들었거나 알차게 여물지 못했거나, 먹은 사람에게 "이건 정말 아무 맛도 안 나고 부실하네."라는 말을 듣게 되는 밀도 죽은 보람이 없다.

만약 밀알이 충실하다면, 그것은 생명의 끝이 아니라 형태를 바꾼 지속이 된다. 그렇다면 우리의 죽음 이후의 의미를 결정하는 것은 삶의 충실함에 있다고 해야 한다.

죽은 뒤 우리의 생명은 누군가의 생명으로 이행된다. 그래서 우리는 살아생전에 이기적이어서는 안 된다. 받기만을 혹은 득이 되는 일만을 계산하며 사는 사람이 아니라, 많이 베풀 수 있는 사람이 되도록 자기 자신을 갈고닦는 노력이 필요하다.

시리에다 신부는 《영원한 오늘을 산다》에서 이렇게 쓰고 있다.

"특히 인생의 황혼기에 계신 나의 은사와 선배님들이 지금도 수도 생활의 모범과 형제애의 증거를 계속해서 보여주시는 모습에 깊은 감동을 받습니다. 마치 석양이 비치는 로마 시대의 유적처럼 성스럽기까지 합니다. 성서에 '저녁때에도 빛이 있을 것이다.' (즈카르야서 14:7)라는 말씀이 나오는데, 그분들의 굽은 등에서 평생토록 갈고닦은 사랑의 빛을 보는 듯한 숨결이 느껴집니다. 좋은 분들을 만났습니다."

시리에다 신부로부터, 로마는 도시의 역사적이고 고대적인 분위기를 유지하기 위해 거리와 건물 색상과 관련한 규제를 하고 있다는 이야기를 들었다. 우리는 자기 집 벽을 무슨 색으로 칠하든 뭐라고 하는 사람이 없다. 요즘에는 너무 기묘한 색으로 칠하면 이웃이 불만을 표출하기도 한다지만, 그래도 꽤 자유롭다.

그러나 로마에서는 저녁 무렵 자기 손을 눈앞에 들어 올렸을 때 그 손가락 색과 비슷해야 한다는 것이다. 따라서 적색, 녹색, 황색, 자색, 감색, 흑색 등을 외벽에 칠하는 것은 상상할 수 없는 일이다.

로마의 거리와 건물을 인간의 피부와 비슷한 색상으로 통일하도록 하는 까닭은 겸손을 드러내기 위해서일 것이다. 즉, 자신 또한 다른 사람들과 같은 육체를 지니고, 다른 사람들과 같은 감정에 괴로워하며, 비슷한 사랑을 품고, 별반 다르지 않은 생애를 보낸다는 것을 인정하는 것이다. 그보다도, 자신이 동떨어진 존재가 되려고 해서는 안 된다는 뜻일 것이다. 그래서 로마의 황혼은 한없이 따뜻하고 온화하며 겸손하다. 그곳에서는 산 자와 죽은 자가 비슷한 시간에 둘러싸여 있다. 생전에 품었던 야망과 증오가 사라지면 산 자와 죽은 자는 거의 동일한 상냥함으로 채워질 것이다. 그리고 사람들이 기억하든 기억하지 못하든 시간은 영원하다.

다른 사람들과 거의 똑같은 사람으로 살아갈 운명을 인정하면서도, 그 안에서 약간의 차이를 만들어내는 것은 가능할지도 모른다.

하루하루를 어떻게 살지는 사람마다 다르다. 증오하고 원망하며 하루를 사는 사람과 기쁨과 감사로 하루를 사는 사람 사이에는, 똑같이 주어진 시간이라 해도 그 질에서 큰 차이가 생길 것이다.

자기 일만으로 하루를 끝내는 사람은 쓸쓸하다. 그러나 타인의 존재를 무겁게 느끼고, 그들의 행복을 바라는 사람은 죽은 이들까지도 교류의 범위에 포함시킨다. 시리에다 신부는 자신 주변의 훌륭한 분들의 임종을 지켜보면서 '미소 짓고 있는 죽음'의 존재를 실감했다고 한다.

그렇게 생각해보면 죽음은 그렇게 두려운 것이

아니다. 죽음을 두려워하는 것은 죽음을 앞에 두고
아무것도 하지 않은 사람일 것이다.

인도 출신의 예수회 수도사였던 A. 드 멜로
(Anthony de Mello, 1931~1987) 신부는 이런 말을
남겼다.

"힘껏 살아갈 수 있는 날이 하루 더 주어졌다니
이 얼마나 큰 행복인가."

인간이 그 이상을 계산할 필요는 없다. 병든 사람
은 병든 그대로, 슬픈 사람은 슬픈 그대로, 오늘 하
루를 힘껏 살아갈 뿐이다.

Fine

노년의 쇠퇴는 또 하나의 '선물'

자연스러운 노화를 병으로 여기지 않는다

젊었을 때는 전혀 깨닫지 못했던 일이 있다. 그중 하나가 죽음은 어느 순간 갑자기 닥치는 것이라고 생각했다는 것이다.

물론 스무 살 청년이 사전에 아무런 몸의 이상도 느끼지 못한 채, 어느 여름날 바다에서 갑작스레 세상을 떠나기도 한다. 그런 죽음이라면 갑자기 닥친 것이다. 그러나 대부분의 사람들이 겪는 자연사는 갑자기 닥치는 것이 아니다.

요즘 너무 피곤해서 움직이지 못할 때가 종종 있다. 목욕을 하고 양치질만 하면 된다는 것을 알면서도 그걸 하기가 귀찮을 정도로 피곤한 것이다.

"이미 간암에 걸린 것 같아요."

림프 마사지를 해주는 여성 마사지사에게 하소연을 한다.

"너무 일을 많이 하셨어요."

하고 마사지사는 내게 훈계하듯 말한다.

"힘드신 게 당연하죠. 이제 나이도 있으시잖아요."

"그건 나도 알죠."

"그래도 손님의 이 몸은 충분히 일힌 몸이네요."

그녀가 이렇게 말해주니, 나는 더없이 기쁘다.

"그래요? 아무도 그렇게 생각하지 않아요. 하루 종일 의자에 앉아 예술만 하다가 차 한 잔도 제대로 못 끓이는 인간으로 생각한다니까요."

이 부분은 좀 더 정확하게 말해야겠다. 사실 나는 평생 단 한 번도 차를 맛있게 끓여보지 못했다. 성격이 급해서 뜨거운 물을 천천히 식히는 그 시간을 견디지 못한다. 그러므로 '차 한 잔도 제대로 못 끓이는 인간' 이라는 평가는 어떤 의미에서 맞다.

나에게 '평생 충분히 일한 몸' 이란 말은, 젊은 시절부터 매일같이 들에 나가고 아흔을 넘긴 나이에도 여전히 바구니를 등에 지고 매일 산 위의 밭으로 향하는 그런 사람을 떠올리게 한다. 내가 그 사람과 비슷한 삶을 살아가고 있다면 내 인생도 꽤 괜찮다고 할 만하다.

"조금 쉬시는 게 좋겠어요. 아무튼 지치셨어요."

"네."

지인 중에 간암에 걸린 사람이 몇 명 있어 가까이에서 지켜보았다. 그들의 정신은 임종 시까지 또렷했으나, 몸의 나른함은 비정상적일 정도였다. 퇴근 후 집에 와도 너무 지쳐서 밥을 먹을 수 없다고 했다. 심한 감기에 걸려 열이 펄펄 끓어도 식욕만은 왕성했던 나로서는 이런 호소를 이 나이까지 이해할 수 없었다.

"나는 조금 쉬었다 먹을게요."

그중 한 사람은 식사를 미루기 시작한 지 불과 2주일 만에 세상을 떠났다.

조금 쉬라는 마사지사의 말에, 나는 한 가지 좋은 생각이 떠올랐다.

"주말에는 매주 아프기로 해야겠어요. 병명은 주말병."

“무엇이든 좋으니 좀 쉬세요.”

이 불가사의한 직감력을 가진 마사지사는, 나의 림프가 걸핏하면 마디마다 딱딱하게 굳어 몸 구석구석에 삶은 달걀 모양의 덩어리를 만드는 것에 대해 이렇게 말하기도 했다.

“아직 의사들이 발견하지 못한 괴질이군요.”

그녀는 계속해서 말했다.

“하지만 이렇게 오랫동안 몸이 버텨온 건 평소에 병에 대해 전혀 생각하지 않았기 때문이에요.”

“맞아요. 냉장고에 있는 남은 음식들로 뭘 해 먹을까 하는 소소한 일이라면 늘 생각하고 있지만, 병에 대해 계속 생각할 만큼 한가하진 않거든요.”

“건강에는 그게 최고에요.”

“그런데 성격은 나빠졌어요.”

성격이 나빠졌어도 건강에는 지장이 없으니 다행이다.

우리의 대화는 엉터리처럼 보여도 묘하게 호흡이 잘 맞았다. 굳이 문제를 삼을 정도도 아닌 자연스러운 노화를 병으로 여기지 않는다. 나이가 들면 체력과 기력에 한계가 보이기 시작하는 게 당연하다. 발목 수술을 받고 아침마다 얼마나 괴로웠는지 모른다. 옷을 갈아입기 힘들어서다. 그 같은 괴로움을 이후로는 겪어보지 못했다. 몸을 제대로 굽히지 못해 나중에는 옷을 갈아입는 것 자체가 싫어졌다. 주방에 내려가서 진통제를 한 알 삼키고 30분쯤 지나면 통증이 거짓말처럼 사라졌다. 걸음걸이가 좀 어색한 것을 제외하면 아픈 데가 없는 사람처럼 보였다. 힘들고 싫은 일은 그때가 지나가면 얼른 잊어버리기로 했다. 나는 원래 사상적으로도 도덕적으로도 그렇게 앞뒤가 맞는 인간은 아니다. 그저 순간순간 어떻게든 사는 것이 최고라고 생각한다.

50대쯤부터 몸과 마음은 서서히 죽기 시작한다

인간의 운동 기능은 누구나 점차 쇠퇴한다. 중년에 이르러 제일 처음 깨달은 변화는 무거운 것을 들기 싫어하게 되었다는 점이다. 그 전까지는 일 때문에 지방에 가서 그곳 시장에서 먹음직스러운 방어를 보면, 그 자리에서 큰 놈으로 골라 토막을 치고 소금을 뿌려 집까지 들고 왔다. 그런데 어느 날부턴가 아무리 맛있어 보이는 생선을 봐도, 들고 돌아오는 건 귀찮다는 느낌이 들었다.

예순 무렵, 나와 동갑인 어느 부인이 자기 생일에 멋진 악어가죽 핸드백을 샀다. 그녀는 미망인이었다. "남편이 살아 있었다면 당연히 축하 선물로 사줬을 거예요. 그 생각을 하면서 샀어요." 나는 그 이야기를 듣고 감동했다.

그러나 내가 정말로 그녀의 생일을 축하하고 싶었던 것은 그녀가 아직 악어가죽 핸드백을 들고 다닐 수 있는 체력이 있다는 점이었다. 나는 아무리 비싸고 좋은 명품이라도 무거운 악어가죽 핸드백은 더 이상 갖고 싶지 않은 체력이 되어 있었다.

감사하게도 요즘에는 가벼운 천 가방이 유행하고 있다. 나는 망설이지 않고 시대의 흐름에 편승했다. 한때 커다란 핸드백은 '아줌마' 라는 증거였다. 그러나 어느새 커다란 핸드백은 '아가씨들' 사이의 유행이 되었다.

하루는 시부야 역에서 우리 집 근처 역까지 전철을 타고 오면서 나이와 핸드백의 크기를 조사한 적이 있다. 내가 한가로운 사람처럼 여겨질 때가 바로 이런 때다. 조사 결과 '아줌마' 세대가 작은 가죽 핸드백을 선호한다는 것을 발견했다.

사람은 각자의 약한 부분부터 노화가 시작된다. 나와 거의 동갑으로 치매가 생긴 한 여성은 외출에 필요한 액수와 현재 지갑에 들어 있는 금액을 연관 지어 생각할 수 없게 되었다. 100엔이 채 안 되는 동전만 들고 외출한 뒤, 돌아오는 길에는 택시를 타려고 했다. 이것을 알아챈 친구가 잽싸게 돈을 건네줘서 그나마 다행이었다. 하마터면 그녀가 입주해 있는 노인 홈 현관에 도착해서야 거의 무임승차임을 깨달았을 택시 기사는 하소연할 데도 없다.

노인이 되면 화장실에 가는 것도, 세수를 하는 것도, 더 이상 '대수롭지 않다' 라고는 말할 수 없게 된다. 목욕도 위험을 감수해야 한다. 특히 여행지에서 익숙하지 않은 욕실을 사용할 때는 세심한 주의가 필요하다. 나처럼 개발도상국의 지저분한 호텔에 묵고, 어두컴컴한 데다 모든 게 미비하고 자주 고장인 욕실을 사용해야 하는 사람에게 욕실은 말 그대로 위험 구역이다. 바닥은 미끄럽고, 욕조의 높이는 집에 있는 욕조보다 훨씬 높다. 갑자기 뜨거운 물이 뿜어져 나오기도 한다. 이상한 곳에 높낮이의 차가 있다. 나이 든 사람은 이런 난관을 사전에 충분히 대비해야 한다. 그게 나이 먹는 것의 번거로움이다.

결국 노년에는 점점 뒤떨어지는 기능을 다른 방식으로 보완하는 작업이 필요해진다. 그러므로 머리가 흐려지는 것도 어쩔 수 없다고만 말하고 있을 수는 없는 시기다.

노화는 우리 인간의 얄팍한 계획을 배신하곤 한다. 은퇴 후 시간에 여유가 생기면 느긋하게 책을 읽어야겠다고 계획했는데, 기다렸다는 듯이 시력에 문제가 생긴다. 나이가 들면 산을 타야겠다고 계획했더니, 내장은 건강한데 무릎이 말썽인 식이다.

가장 웃기는 건, 느긋하게 취미 생활을 즐기려던 찰나에 남편이 정년퇴직하고 집에 들어앉는 것이 최대의 배신이라고 하는 사람도 많다는 것이다. 남편이 집안일에 완전 무능하고, 스스로 컵라면에 뜨거운 물을 붓지도 못하기 때문이라고 한다. 한편으로 "지금 남편이 있는 사람은 정말 힘들 것 같아요. 나는 혼자라서 참 편해요."라고 잘라 말하는 '명랑한 과부'도 있으니, 인생은 우리의 예측을 항상 벗어나는 것 같다.

다만 나는, 노년에 육체가 쇠약해지는 것은 매우 중요한 과정이라고 생각한다.

그동안 내가 만난 많은 사람들은, 노력의 결과이기도 하겠지만 사회에서 어느 정도 자기 자리를 잡은 사람들이었다. 그 사람들은 대부분 건강하고 성격도 밝았다. 인생에서 햇살이 비추는 곳만을 걸어온 사람들이었다.

그러나 그런 사람이 만약 한 번에 건강도, 사회적인 지위도, 명성도, 수입도, 존경도, 행동의 자유도, 타인으로부터 받는 선망도 모두 잃게 된다면 어떻게 될까. 그리고 행선지가 전혀 보이지 않는 죽음의 저편으로 당장 내몰리게 된다면, 그 원통함은 필설로 다할 수 없을 것이다.

하지만 인간의 하루에는 아침도 있고, 밤도 꼭 있다. 그 사이에 황혼의 슬픈 시간도 있다. 남의 일이라고 생각했던 질병, 경제적 어려움, 사람들이 거들떠보지도 않게 되는 현실 등을 모른 채 세상을 떠난다면 그건 편파적인 인생으로 끝나는 것이다.

한 사람의 인생이 성공적이었는지 여부는, 내 경우에는 모든 것을 체험하고 죽을 수 있는가와 거의 같은 의미다. 다만, 비정상적인 죽음은 겪고 싶지 않다. 그러나 평범한 죽음이라면 받아들여야 할 것이다.

사랑받는 것도 근사하지만, 실연도 소중하다. 돈이 많은 것도, 인색해져야만 하는 필연성도, 모두 인간적인 일이다. 자라나는 아이에겐 보살핌을 받는 것도 미움받는 것도, 모두 감정의 귀중한 체험이다.

인간의 심신은 단계적으로 죽음을 맞는다. 그래서 인간의 죽음은 갑자기 닥치는 것이 아니라, 50대 정도부터 서서히 시작되는 완만한 변화 과정의 결과다.

객관적인 체력의 쇠퇴, 기능의 감소에는 보다 적극적인 이익도 따른다. 인간은 자연스럽게 이제 더 이상 사는 것이 괴롭다, 살지 않아도 좋다, 이미 충분히 살았다, 라고 생각하게 될 것이다. 이보다 더 인간적인 '납득'은 없다. 그런 점에서 노년의 쇠퇴는 하나의 '선물'이라고 할 수 있다.

Fine

창자를 쥐어짜 내다

먹지 못하게 될 때가 생명이 다하는 때이다

얼마 전 어느 모임에서 '존엄사(尊嚴死)'에 대해 강연을 하게 됐다. 사실 '존엄사'가 무엇인지를 잘 알고 강연을 맡았던 것은 아니다. 강연 모두(冒頭)에서 이야기한 바와 같이 이 세상에는 '존엄사'는 커녕 '존엄생(尊嚴生)'마저도 어려운 가난한 사람들이 많다. 그렇기에 아직 존엄사를 논할 때는 아닌 것 같다. 존엄사는 먼저 존엄생이 확립되었을 때 자연스럽게 주어지는 것이 아닐까 생각한다.

그렇다고 해도, 사람이 죽음에 이를 때 많은 문제가 발생하는 것은 사실이다. 어떤 상태에서든 하루라도 더 살고 싶다고 당사자도 말하고, 가족도 그걸 바라는 경우도 있다. 우리 부부는 한 사람의 생애란 그 사람다움이 몸과 마음 모두에 남아 있을 때라고 생각했다. 특히 지적 활동이 재생 불능이라고 할 정도로 상실된 경우에는 그 사람을 계속 살리는 것이 잔인하다고 생각했다. 다만 최근 유럽 등에서 상당히 현실적으로 사용되고 있는 안락사를 시켜주는 일종의 병원 같은 곳에 환자를 데려가는 것은 아무래도 위화감이 든다.

지인에게 들었는데, 독일에서는 안락사를 합법적으로 인정하고 있는 이웃 스위스의 병원인지 업자인지에게 의뢰하는 방법이 있다고 한다. 어느 날 일반 병원의 이송차와 같은 검은 차가 어떤 집에 와서 환자를 옮긴다. 지나가다가 우연히 그 광경을 본 사람은 입원하나 보다고 생각할 정도다. 그러나 그 차는 가장 가까운 스위스 영토로 들어가 근처의 그런 시설인지 병원인지에서 멈춘다. 거기에는 안락사 전문 부서가 있어, 거기서 환자에게 처치가 실시된다. 물론 당사자가 충분히 납득했기에 가능한 일이다. 그리고 얼마 후 그 차는 다시 돌아와 가족들에게 유체를 전달한다는 것이다.

더 이상 견디기 힘든 고통에서 해방되는 유일한 방법은 이것뿐이라고 생각하게 되는 상황도 있을 것이다. 하지만 나는 그렇게까지 인간이 죽음에 개입하는 것은 원치 않는다. 죽을 때는, 신이든 부처든 어쨌든 인간이 아닌 존재의 손에 맡기고 싶다. 그래서 내가 원하는 것은, 어떤 일이 있어도 폐나 심장을 계속 움직이게 하는 조치만은 하지 말아달라는 것이다.

그 판단은 사람이 먹지 않게 되었을 때 내려야 한다고 생각하면 될 것이다. 인간에게 가장 원초적인 정열은 먹는 것일 것이다. 아무리 정신이 흐려진 노인이라도 먹는 방법을 잊어버리지는 않는다. 인간의 원초적 정열 중에 성욕도 빼놓을 수는 없다. 그러나 군 생활 경험자들의 말을 들어보면, 개인마다 차이가 있겠지만 식욕은 줄어들지 않아도 성욕은 익숙하지 않은 집단생활 속에서는 가장 먼저 사라진다고 한다.

배고픔은 집요하다. 너무 배가 고파서 이러다간 남의 것을 빼앗아서라도 먹는 만행을 저지를지도 모르겠다고 생각한 적도 있다. 그러나 미군이 일본에 상륙해 압도적인 화력으로 공격하고, 자신의 목숨도 국가의 운명도 끝날지도 모른다고 할 때는 성욕 같은 건 아무래도 상관없어진다고 한다.

인간을 살리는 데 기본적으로 필요한 식욕마저 사라져 먹으라는 말 자체가 고통스럽다는 환자가 있다면, 그것은 이미 스스로 삶을 거부하는 상태다. 생명이 자연스럽게 끝나도 좋은 때라고 해석해도 무방할 것이다. 그때에는 동물로서 인간이 하는 선택에 자연스럽게 따르는 것이 좋다고 생각한다.

동물도 인간도 살아 있는 한, 그리고 살 가능성이 보이는 한, 살기 위해 노력하는 법이다. 상처 입은 몸을 이끌고 물가까지 비틀거리며 간다. 하지만 더 이상 그런 노력을 할 수 없다면, 그때는 죽음을 받아들이게 해도 좋다.

인도 갠지스강 연안의 바라나시는 신앙심 깊은 힌두교도와 무책임한 관광객들로 언제나 만원이다. 신앙을 가진 사람들은 그곳에서 성스러운 갠지스 강물을 몸에 끼얹으며 기도하고, 노인과 중환자는 성지 바라나시에서 죽기를 고대하며 그때를 기다린다.

어쨌든 바라나시에서는 생사의 드라마가 가장 적나라한 형태로 전개되고 있어, 그 뭔가 이상하고 농밀한 긴박감에 관광객들의 발길이 끊이지 않는다.

바라나시의 갠지스 강변은 살아 있는 사람들이 기도하는 곳과 죽은 사람을 태우는 구역으로 구별되어 있다. 사람은 언제든지 죽으므로 죽은 사람을 태우는 화장의 불길이 끊이지 않는다. 아이가 태어나고 노인은 숨을 거둔다. 그것은 지구의 순환이 지닌 아주 자연스러운 모습을 떠올리게 한다.

죽은 사람에 대한 가장 깊은 사랑의 표현은, 죽은 사람의 시신을 태우기에 충분한 장작을 사는 일이라고 한다. 그러나 민둥산이 많은 인도에서 장작은 귀중품이다. 값이 비싸 가난한 사람들은 필요한 만큼의 장작을 살 수 없는 경우도 있어, 그것이 고통의 씨앗이 된다.

죽은 사람들의 강변에는 매일 끊임없이 크고 작은 장례 행렬이 시체를 운구해온다. 들것 같은 것에 천으로 둘러싼 시체를 싣고, 꽃으로 장식하고 있다. 죽은 사람들을 위한 강변에는 하늘에 닿을 것처럼 장작을 쌓아올린 장작 가게들이 있다. 유족들은 이

곳에서 장작을 구입해 '우물 정(井)' 자 모양으로 쌓고, 그 위에 죽은 사람을 올려놓는다. 시체가 잘 타도록 '기(ghee)' 라는 인도식 버터를 녹인 기름을 붓고 불을 붙인다. 화장의 절차는 장남이 도맡고, 죽은 사람의 아내는 이곳에 오지 않는다고 한다.

가난한 사람들은 장작을 겨우 필요한 만큼만 산다. 사실은 살 형편이 안 되기 때문인데, 사정이 이렇다 보니 시체가 부분적으로 불에 타지 않고 남는 경우가 종종 있다. 그러면 그 남은 부분도 재로 간주해 강으로 흘려보낸다. 그래서 갠지스강에는 가끔 사람 시체의 일부가 떠다니기도 하고, 이 때문에 강이 오염된다고 하는데, 인도 사람들은 대수롭지 않게 여기는 눈치다.

지금도 내 눈에 떠오르는 광경이 있다. 장례 행렬 맨 뒤편에서 커다란 장작 하나를 어깨에 메고 뒤따르던 여성이었다. 햇볕에 탄 야윈 얼굴과 가느다란 팔다리에 어울리지 않게, 아직도 힘쓰는 일을 얼마든지 견딜 수 있을 것 같은 튼튼한 근육이 남아 있었다. 그녀는 친구를 위해 장작 하나를 마지막 선물로 줄 생각을 했을 것이다. 그 장작 하나로 친구의 육신이 가벼운 재가 되기를 기도했는지도 모르겠다.
그녀의 검소한 선의의 표정이 지금도 내 눈에서 사
라지지 않고 있다.

존엄한 삶이 가능할 때 존엄한 죽음도 가능해진다

최근에 읽고 있는 잡지가 한 권 있다. 〈복음선교〉
라는 가톨릭 잡지인데, 매달 배울 것이 많아 연간 구
독을 신청한 것이다.

이 잡지에 사이타마 교구의 종신 부제(副祭)인 야
부키 사다토(矢吹貞人) 선생의 글이 실렸다. "마지
막 감사의 헌정"이라는 제목의 수필이다. 야부키 선
생이 스승으로 모셨던 가톨릭 신부 두 분의 훌륭한
최후를 쓴 글이다.

야부키 선생과는 이미 몇 십 년 전에 로마 베네딕
도회의 어둡고 추운 예배당에서, 처음으로 단순한
여행의 동행자로서만이 아닌 깊은 담소를 나눴다.
그때 야부키 선생은 국립대학 교수였다. 정년 후 가
톨릭 수도자가 되는 것은 생각할 필요도 없을 정도
로, 순탄하고 양식 있는 삶을 살아온 사람이었다.

사람의 인생에는 어떤 일이든지 일어날 수 있다.

그리고 그 모든 것은 하느님이 준비하신 계획이라는 것이 야부키 선생의 경우에도 딱 들어맞는다. 말할 필요도 없지만, 하느님이 한 사람 한 사람을 위해 마련한 인생의 각본에는 어떤 작가도 희곡 작가도 도저히 따라갈 수 없는 깊은 의미와 엄청난 줄거리의 반전이 감춰져 있다. 물론 그 모든 것이 그 사람에게 다정하고 달콤한 것만은 아니다. 그러나 이 경우에도 하느님은 야부키를 위해 유일무이한 각본을 준비하셨고, 선생은 정년이 지나서야 수도자의 길을 걷기 시작했다.

야부키 선생은 그 수필에서 오랫동안 필리핀 선교에 헌신했던 N신부를 추억했다. 밝고 호방해 보이는 N신부는 나도 알고 있었다. N신부는 마지막 발작이 가라앉자, "오래 살기 위해 신부가 된 게 아닙니다. 섬김을 받기 위해서가 아니라 섬기기 위해 신부가 되었습니다."라며 생애에 마지막이 될지도 모를 귀국을 거부하셨다. 필리핀에서 생을 마치기 위해서였다.

이 평범해 보이는 일화가 우리에게 하나의 시사점을 던져준다. 섬김을 받는다는 것은 그 사람이 위대한 존재라는 증거가 아니다. 오히려 최근에는 그 사람이 유아성(幼兒性)을 지닌 경우가 많다. 하지만 N신부는 끝까지 섬기는 사람이 되려고 했다. N신부는 인간으로서 강했고, 어른이었다.

야부키 선생은 스승의 인생에서 결정적인 말이 된 것에 대해 쓰고 있다. 신약성서《루카복음》10장 30절 이하에 나오는 '착한 사마리아인' 이야기다. 하느님이 "네 이웃을 너 자신처럼 사랑해야 한다."라고 명하신 데 대해, 예수의 말꼬투리를 잡으려는 율법학자들이 "누가 저의 이웃입니까?"라는 질문을 던지며 예수를 시험하려는 장면이다.

당시 유대인 사회에서 볼 때, 사마리아인들은 예루살렘 신전과는 별도로 그리심산 꼭대기에 그들만의 신전을 만든 이교도, 이방인이었다. 그러나 '착한 사마리아인' 이야기는 어느 나그네가 노상강도를 당한 일화를 소개한다.

도적들에게 상처를 입고 길가에 쓰러진 나그네 곁으로 사제와 레위인이 지나갔지만, 둘 다 나그네를 못 본 척했다. 상처받고 피 흘리는 나그네를 구하는 게 위험하고 귀찮았기 때문이다. 사제와 레위인은 유대교의 종교적 지도자였지만, 그들은 아무런 도움도 주지 않았다. 반면 유대인으로부터 소외되었던 사마리아인이 마지막으로 그곳을 지나가다가, 상처 입은 사람을 '불쌍히 여겨' 치료해주고 당나귀에 태워 근처 여관으로 데려가 숙박료까지 모두 지불한 후 돌아갔다.

예수는 그 이야기를 꺼내며 "세 사람 가운데에서 누가 강도를 만난 사람에게 이웃이 되어주었다고 생각하느냐?"라고 묻는다. 그러자 율법학자들도 결국 "그에게 자비를 베푼 사람입니다."라고 대답하지 않을 수 없었다. 즉, 유대인이 보기에 멸시받고 차별당하던 사마리아인이 진정으로 따뜻한 마음을 가지고 있었다는 것이다.

이때 사마리아인은 상처를 입고 쓰러져 있던 사람이 늘 자신들을 차별하던 유대인임에도 불구하고 '불쌍히 여겼다' 는 것이다. 야부키 선생은 이 '불쌍히 여기다' 라는 말의 그리스어인 '스플랑크니조마이' 를 언급하고 있다.

이 동사는 '스플랑크논=내장' 이라는 단어에서 유래한 것이다. 옛날 그리스인들은 마음(情)은 심장이 아니라 내장(좀 더 정확히 말하면 횡경막)에서 비롯된다고 생각했다. 이 그리스어 원어를 신학자로 유명한 사쿠마 다케시(佐久間彪) 신부는 '창자를 쥐어짜 내다'라고 번역했다. 즉, 진정한 연민이란 어떤 사람의 창자 깊은 곳에서 쥐어짜 내는 것이라는 의미일 것이다.

인간으로서의 삶을 완성하는 것은 이 '창자를 쥐어짜 내는' 마음을 갖는 것이고, 갖게 되는 것은 아닐까, 라고 나도 생각한다. 이기적인 사람이나 타인에 대해 그 정도로 깊고 강렬한 마음도 갖지 않는 사람은 자신이 그 대상이 될 일도 없을 것이다.

죽기 전에 이 세상의 단 한 사람에게라도 '창자를 쥐어짜 내는 듯한 마음'을 받는다면, 그 사람은 '미련 없이 죽을 수 있다'고 생각한다. 그에 반해 영혼의 만남도 없이 죽는 것처럼 쓸쓸한 일은 없다.

이 '창자를 쥐어짜 내는 듯한 마음'을 나눈 경험이야말로 존엄한 삶(尊嚴生)이다. 그리고 존엄한 삶이 가능할 때, 자연스럽게 존엄한 죽음(尊嚴死)도 가능해진다고 믿는다.

옮긴이 김욱

작가, 번역가. 언론계 최일선에서 오랫동안 활동했다. 늘 문학과 철학을 가까이했으며, 특히 쇼펜하우어와 니체로부터 일생 동안 큰 영향을 받았다. 일흔에 번역을 시작한 데 이어 집필로 영역을 넓혀왔다. 특히 쇼펜하우어 아포리즘 《당신의 인생이 왜 힘들지 않아야 한다고 생각하십니까》, 니체 아포리즘 《혼자일 수 없다면 나아갈 수 없다》를 집필하여 쇼펜하우어와 니체의 언어를 폭넓은 독자에게 전했다.
《약간의 거리를 둔다》《지적 생활의 즐거움》《무인도에 살 수도 없고》《개를 키우는 이야기/여치/급히 고소합니다》《갈매기/산화/수치/아버지/신랑》《인간관계》《늙지 마라 나의 일상》《죽음이 삶에게》 등 200여 권이 넘는 책을 번역했으며, 자전적 에세이로 《취미로 직업을 삼다》가 있다.

죽음을 대하는 태도

1판 1쇄 인쇄 2026년 3월 20일
1판 1쇄 발행 2026년 4월 6일

지은이 소노 아야코
펴낸이 김현정
펴낸곳 책읽는고양이(도서출판리수)

기획 김현주
교정교열 이교혜

등록 제4-389호(2000년 1월 13일)
주소 서울시 성동구 행당로 76 110호
전화 2299-3703
팩스 2282-3152
홈페이지 www.risu.co.kr
이메일 risubook@hanmail.net

ⓒ 2026, 도서출판리수
ISBN 979-11-92753-50-8 03830